這些年。

毛尖 著

序

黃昱寧

毛尖說《這些年》不是第二本《亂來》，但她命我寫點東西掛在正文前——那裡通常是序或代序的位置——示眾，就顯然是亂來了。我從歷年的「毛選」裡受惠良久，網上至今仍掛著有人指認我「行文間似有模仿毛尖之痕跡」的評論，因此，對於毛尖我雖然有話可說，卻不敢妄稱作序——誠懇地說，這就是一份學習體會。

諾拉·伊佛朗的小說《心悸》裡有個著名專欄作家，泡妞泡得廢寢忘食，整整三週不下床，只是「時不時起來寫上一篇稿子」。你瞧，本質上，專欄作家必須是那種在「天人交戰」中每回都能保證勝出的紀律主義者。按毛尖自己的說法，這些利比多如果不是被專欄用掉了，很可能要「拿來害人害己」。我注意到，小說裡的那位作家，已經被專欄逼到老婆打個噴嚏都要問句為什麼、兒子吞下洗甲水都要「登到全國一〇九家報紙上」，而他的工作強度是一週三篇，每篇八百五十個字。毛尖呢，同樣長度的文章她每個禮拜得出產四篇——饒是如此，據我觀察，諸如隨身帶速記本錄音筆、吃頓飯盯著胡椒瓶發呆之類（更多內容詳見《心悸》）的躁狂抑鬱症狀，並沒有出現在毛尖身上。寫作文需要利比多，按軍事化作息寫優秀作文而竟然能面不改色，則需要更多的利比多。光是為了這些利比多，我們就應該向毛尖致敬。

仍然是那個嬉笑怒罵、善於在家常煙火裡提煉出神奇視角的毛尖，但《這些年》所涉及的話題，似乎更多地與她站在講台上的身分扯得上關係。毛教授既教電影也教文學，文藝批評的經院套路和常備詞庫，她不必伸手也隨時可及。但她不抄近道，那些雲山霧罩的學術炫技，她比我這個學院門外的業餘書評人還用得儉省（不過，一旦用起來她總是有本事把那些乾巴巴的名詞唱成水靈靈的小調，比方說「既是外相的圖騰，也是核心的抒情」之類）。哪怕站在夠高的台階上，毛尖也總是條件反射地堅守讀者立場，不假裝她是作者肚子裡的蛔蟲，更不會充當住在作者隔壁、專售高帽子或者小鞋子的雜貨商。

寫張大春，她從「仰視」起筆，當我們照例迷失在「毛氏飯桌段子」的時候，她其實已經悄悄拉高視線——凝神平視，在別人落淚的地方她狡黠地看出笑容來，不人云亦云人淚亦淚。這正是典型的毛尖：即便是再輕巧的過場文字，她也保持著獨立思考的尊嚴。寫朱天文，專業名詞的使用在毛尖的評論裡已經是罕有的高頻度了，末了卻繞回到那片她駕輕就熟的氣場——綿裡藏針的，元氣十足的，卻又拉家常式地返璞歸真：「嘔，原諒我的強迫症，在描述現代性成為共識，甚至也算不乏前人和後人的時代，華語文學的版圖，稀缺的是抒情，而且是現實主義的抒情能力，這個能力的世俗表現，就是我們從台灣回來，說話會溫柔很多。」當論證推進到緊要關頭，當理論上升到一定高度，毛尖總是有勇氣筆鋒一轉，回到那些更平民、更草根、更普羅（以上三詞在毛尖的時評裡最為常見）的東西，最後完成致命一擊的，總是她獨一無二的直覺。

這種直覺在文學評論裡並不多見，我們好像已經習慣了用看不懂的語言來掩飾一知半解，借助符號圖表資料注解索引來給評論注射類固醇——好讓它彷彿擁有與自然科學站上同一條跑道的能力。但是毛尖不。讀《貴族之家》，她將閱讀期待對於文本的「反作用力」以及屠格涅夫那足以讓人產生幻覺的浪漫手段，歸結為一滴在文本裡找不到的眼淚（〈眼淚〉）；寫《曼斯菲爾莊園》，她的恍然大悟是：「與其說《曼斯菲爾莊園》是一部愛情小說，不如說它是一部有關一個人對一個地方的愛……整部小說中，真正的男主角是曼斯菲爾莊園」（〈生是你的人，死是你的鬼〉）；同樣提到「英國文學偉大傳統」的篇目還有寫勒卡雷和麥克尤恩的，毛尖照例抓住的，還是那些看起來很簡單但確實既貼肉又入骨的東西：「黑咕隆咚」的環境氣氛，曖昧的間諜面目，細膩抒情的文化血脈……於是，在毛尖的閱讀感受裡，這些早就被人評論過幾千次的小說人物都新學會了穿牆術，輕易就可以鑽到另一本書裡串個門聊個天。將這幾篇書評串起來讀，可以發現：關於繁複的英國文學體系，毛尖以寥寥數筆勾勒了一脈相承的草圖——遠非面面俱到，但邏輯是俐落的，觀點是統一的，她只是不甘心讓這些以「體系」的面貌出現罷了。塵歸塵土歸土，將小說還原為初讀再讀抑或久讀不厭時汗毛從皮膚上豎起的瞬間，不許新鮮的閱讀直覺淹沒在八股慣性裡，大約是毛尖下筆時追求的境界。

有個朋友在形容毛尖的文字時，用了個「自動寫作」的說法，說她始終能在字裡行間保持一種喜氣洋洋的意味，讓你感覺到她是真心喜歡乃至沉溺於寫作這件事，隨時都能進入狀態。我想，如果全歸於「自動」，那未免有點怪力亂神——私底下見到的毛尖，實在跟那種念個咒就能下筆千行的巫婆式作家相去甚遠。不如封她個「半自動」吧，一半是天分，一半是始終不讓這種天分被磨蝕的堅持，構成了「這些年」在文字世界裡愈來愈美麗的毛尖。

二〇〇九・十一・十五

黃昱寧，作家，上海譯文出版社文學編輯室主任。一九七五年生於上海。已發表譯著過百萬字，其中包括小說與傳記多部。在《萬象》、《書城》、《人民文學》、《南方都市報》、《南方週末》、《東方早報・上海書評》、《上海一周》等報刊上發表多篇隨筆，並結集成書。二〇〇八年獲第五屆「上海出版新人獎」。譯作包含小說、傳記、劇本等多部，已出版隨筆集《女人一思考，上帝也瘋狂》、《一個人的城堡》、《夢見舒伯特的狗》等。

序　黃昱寧　002

輯一　所有能發生的關係

所有能發生的關係　010
愛玲，子善和其他　018
說起朱天文，我們沒志氣　021
人頭馬的七十年代　027
Who Is She: 有關孫甘露　038
讓一步　042
越來越癢　046
不應期　049
山河入夢　051
香　054

輯二　必須是個情人

必須是個情人　058
生是你的人，死是你的鬼　063
重複，堅持重複　073
寫給六〇年代的情書　082
尺寸問題　084
啊！他來是為了這個　090
拿起勒卡雷　092
和兔子一起完蛋　097
野百合也有春天　100
怎麼回事？　104
一部平庸的作品可以有多好　108

輯三 不會就這樣過去

老頭兒開會 118
地下室裡的張中行 122
踏了這些鐵蒺藜向前進 125
子善老師 129
二十世紀感情備忘錄 134
兩個作家 138
不會就這樣過去 141
媽的奶最腥 144

輯四 答應我

為人民服務 148
他媽的和操蛋 152
青春燼餘錄 156
阿巴斯和寶爺 159
大明王朝 162
答應我 164
How dare You! 167
年輕才是硬道理 171
可以不跨坎 178

輯五 後來呢

這些年 182
誰玩老鷹捉小雞 185
表弟 188
一間自己的浴室 192
後來呢 195
眼淚 200
沒有證人的記憶 204
這麼多水離家這麼近 208
千年月色 211
年貨 214

輯六　跳呀跳呀

離了再結，結了再離　218
跳呀跳呀　221
一次一個頭　224
帶 Brass 回家　227
戀戀風塵　230
芳心的放縱　233
一枝紅杏出牆來　237
咱們這身子骨　240
回馬槍　244
生死由人　246
繼續搓　248
等著我吧　250
獅身人面　252
好東西　254

輯七　不容易

謀殺春天　258
徵婚　261
一夜情和超短裙　264
最高髮院　267
但是，他忘了帶雞腿　270
或者廟宇，或者妓院　273
裝B　278
奧暈奧暈　280
菜鳥迎奧　282
不容易　284
黑　286
盜版到底　288

三筷喔（後記）　293

輯一
所有能發生的關係

所有能發生的關係

從前看金庸，一直有個夢想，想把各本書裡的頂級高手集中在一起，看看到底是周伯通厲害，還是張三手神奇，獨孤求敗如果和少林灰衣人比，會有什麼結局，天山童姥和東方不敗，誰更牛逼？

這樣風格的一本書，在雪藏了三十多年後，今天出版了。《小團圓》集合了張愛玲小說中的所有主角，一個個脂粉不施登場。啊喲，男女主角不說了，男女主角的直系親屬不說了，男女主角的戀人不說了，那個，項八小姐，你走近一點，動作有些像霓喜，運氣有些白流蘇，和畢大使的結局雖然也叫「傾城之戀」，但氣氛多少有些〈留情〉的況味，一句「畢大使年紀大了」，就為米先生招了魂。還有，死於骨癆的純姊姊，《小團圓》裡說，她的靈堂上很簡單的搭著副鋪板，寫的應該是〈花凋〉的結尾，川嫦寂寞的死吧。而姑姑楚娣，和五爺的關係，「九莉也曾經看見他摩挲楚娣的手臂，也向她借錢，」是不是就是〈金鎖記〉的情節呢？季澤也曾經那麼近地站在七巧身邊，讓強悍了半輩子的七巧突然有了「細細的喜悅」，但是，一轉念她暴怒起來，「他想她的錢！」

宋淇不讓《小團圓》面世真是為張愛玲想的，小說中的三姑六婆，長了多少「吊梢眼」，她們當然認得出〈沉香屑〉、〈茉莉香片〉、《同學少年都不賤》中的那些「吊梢眼」就是自己。李安拍《色，戒》，還改改易先生的容貌，《小團圓》卻是完全地來函照登童叟無欺，表大爺哎呀呀不就是〈小艾〉裡的席五老爺，二叔（即九莉之父）傷九莉的心，〈心經〉中許小寒的痛也是父親給的，雖然九莉在小說中叫喊，「二叔怎麼會傷我的心？我從來沒愛過他。」可問題是，張愛玲前面就老老實實交代過，竺大太太問，「喜歡二嬸還是三姑」，她想了想，說「三姑」，因為三姑「比較遠些，需要拉攏」。這一向是古老家族的世俗教育，就像亨利．詹姆斯寫的《歐洲人》，尤金妮婭問弟弟，舅舅家的兩個女兒哪個好看，弟弟回說，大的更好看，尤金妮婭輕輕一笑，說，那你一定喜歡小的那個。嘿嘿，張愛玲筆下的那些突出的恨，是絕對不能聽之任之的。

簡直是當代文學史上第一次啊，小說家把筆下的所有小說人物拉攏一處，哨子吹過，吊梢眼的一隊，抽鴉片的一隊，借人錢花人心的一隊，男人柔媚女人潑辣的一隊，而對抗這支人馬的是誰呢，瞧，真正的夢之隊，三三四陣容，二叔二嬸三姑踢前場，中間跑動邵之雍、荀樺和燕山，後頭是九莉和秀男，小康和巧玉。

所以子善老師最近真是有些煩的，一是到處談論《小團圓》，都拿「真的是柯

陳子善，上海華東師範大學中文系教授，中國最具代表性的張（愛玲）學研究者，也是作者的重要師友之一。

靈」「真的是桑弧」這樣的問題讓他不爽，二是《小團圓》居然沒提到他，都寫到七〇年代了，還算不算張愛玲最後一個親人！

飯桌上，我們安慰子善老師，張愛玲這是保護你啊。你看，《對照記》裡的主角多麼令人仰慕，但是，一旦對照著《小團圓》讀，全部經不起對照，個個顯出狼狽來。

民國時期的娜拉，相片裡臨水照花人一般，可實際上過的都是什麼日子啊！不斷墮胎，還被強姦，為了給女兒看病，去和醫生私了，所以，說起來無論是先天還是後天，張愛玲絕對不是五四兒女。當然了，這樣的題材，到左翼作家藝術家手中，幾乎就是《神女》，同樣是為了孩子，出賣自己啊！或者就是《新女性》的時代控訴，為了生存，遭遇魔掌，但是張愛玲立意要給魯迅的娜拉命運作大增補或新詮釋。魯迅說，娜拉出走以後，或者實在也只有兩條路，不是墮落就是回來，但張愛玲接下去說，還有第三種可能，就是回家墮落，或者第四種可能，就是墮落了回來繼續墮落。

眼光毒辣，心靈脆弱，九莉（張愛玲）就這樣遇到了邵之雍。看宋以朗的《小團圓》解說詞，以為最後會看到張對胡的憎笑，但是有些意外，一直到結尾都相當

所有能發生的關係

《神女》、《新女性》皆為上世紀三〇年代中國共產黨帶領的左翼進步電影運動作品。

溫暖，這掃掉了我心中的一些陰霾。小說看到第三章，幾次提到蕊秋（即書中二嬸，張愛玲之母）和九莉說話，讓她產生「穢褻感」，而這種穢褻感，多少也傳到了讀者這兒，用小說中反覆出現的詞，也可算「令人震動」，怎麼張愛玲這麼喜歡強調這些：要說「遇見」某某人，不能說「碰見」；「快活」也不能說，「幹」字當然也忌，此外還有「壞」字，原因都和性有關。可是，蕊秋和楚娣（張愛玲姑姑）在九莉面前談性說男，處女也說的，強姦也說的，根本沒有顧忌。這樣看看，年紀大了寫作，真是要小心的，不能一邊暴露性心理，一邊又想掩飾性心理。所以，看到張愛玲連連對自己親人釜底抽薪，暗暗倒也替邵之雍擔了心，雖然張胡情事，張迷罵胡不算過。

好在，並沒見到九莉對之雍發出真的惡聲。事實上，邵之雍第一次在小說中露面，讀者感到一陣高興（這個高興真是政治不正確，然而卻也是實話），彷彿終於看到一個熟人，這個，當然跟我們熟悉他們的故事有關，但更因為張愛玲落筆有情。邵之雍出場，一下清空了前頭亂哄哄出場的幾十個人物，讀者心頭一鬆，這才是張愛玲能駕馭的小說關係，所有能發生的關係才能發生。

《小團圓》的出版，其實清楚表明了張愛玲的才華不在想像力，她的小說基本就是家族實錄，而在《小團圓》中，按邁克的說法，她連自己的生日星座都懶得虛構，所以，我們有百分百理由對全書作索隱研究。而索隱的最終意義，當然是在邵之雍出場後才呈現的。多少年過去，多少恨過去，張迷也好，胡迷也好，從來沒有放棄過追問，她到底怎麼看他？

滄海桑田以後，她還記得，有天晚上，「他一吻她，一陣強有力的痙攣在他胳膊上流下去，可以感覺到他袖子裡的手臂很粗。」三十多年了，他的肉身感一直跟著她，從前看《今生今世》，覺得作者大概有些甲亢，對照《小團圓》看，卻是寫實。所以，當九莉想，「這個人是真愛我的，」我們對她完全沒經驗的愛情湧起同情，也恨不得獻上全部祝福，那一剎那，她講出希望戰爭不要結束的話，我們也是昏沉沉軟無力。

亂世兒女，能抓住的只有這點身體感覺了。有意思的是，從前似乎不鑑風月的張愛玲藉著《小團圓》，幾乎是有些天真地表白說，我也歷經滄桑：墮過胎，疼痛過，洗過米湯味的內褲，而且，被人欺負過，在公共汽車上，後來成了著名戲劇家和文化領導人的荀樺就「趁著擁擠，忽然用膝蓋夾緊了她兩隻腿」，當然，這感覺很髒。

而在這兩種身體感覺之間，站著一個燕山，當年可考可證的影星加導演。他們的感情在九莉看來，像是補初戀的課，但是雖然，他也曾經「把頭枕在她腿上」，她也擔心過懷孕，兩人之間的感情，就是小說中那句話，「掬水月在手」，還沒開始就流掉了。

沒流掉的只有邵之雍。她真是愛他至深，否則，第一次見到邵之雍的侄女秀男，「俏麗白淨的方圓臉，微捲的長頭髮披在肩上」，她不會馬上直覺到，「她愛他叔叔。」而這個秀男也真是配得上一個奧斯卡配角獎，她沒有什麼台詞，每次出場，都是作為陪客出現，不是陪叔叔上場，就是陪巧玉出現，但她每次出現都帶給九莉壓力，令九莉兩次隆重意識到，她愛他叔叔。所以，這個在《今生今世》中被小周小范壓倒的人物，在《小團圓》中卻蓋過了小康巧玉，不知道這是張愛玲有意的聲東擊西，還是邵之雍當年的圍魏救趙，反正，這是《小團圓》中張愛玲最把握不了的一個人物。對小康、巧玉，九莉還能說出口，要邵之雍選擇，是我還是她，但對這個秀男，張愛玲只有接受，而就是這個秀男，半個世紀過去，說起張愛玲，總結說，「人蠻長，不漂亮。」

人蠻長，不漂亮的九莉，在邵之雍離開後遇到燕山，他笑她，「你這人簡直全是缺點，除了也許還節省。」她微笑，心裡大言不慚的說：「我像鏤空紗，全是缺點組成的。」《小團圓》其實也是鏤空紗，張愛玲本意要《小團圓》和《對照記》一起出版，準備在華麗的家族史上東鏤一片，西鏤一塊，不過，人生的奇妙彷彿也就在這裡了，缺點組成的張愛玲一直在贏得讀者，而她本人對他們家族傳奇不遺餘力的去魅最後也鏤空成紗，他弟弟對他們繼母的感情是真的嗎？二嬸三姑之間的關係到底怎樣？

關於《小團圓》，一直有告誡的聲音說，不要搞對號入座，而且有不少作家名人出來示範說，看，可以從「張愛玲的時空觀」「張愛玲的反高潮」「張愛玲的意識形態」等角度對這部重要作品進行深入解讀。當然了，在關於張愛玲的博士論文已經滿倉滿谷的年代，《小團圓》可以用所有的後現代方法論進行解讀，而且，你看，張愛玲的技巧多麼圓熟，進出歷史，全是四兩撥千斤，而且那氣度，就是小說中的台詞，「不喜歡現代史，現代史打上門來了。」但是，讓我們現場問問人民大眾吧，《小團圓》應該怎麼讀？互聯網會排山倒海告訴你：驗明正身！查明真相！

讓我們接受人民群眾的趣味吧，老實說，《小團圓》在今天的出版，討論遺囑或背叛，討論小說藝術或價值都意思不大，這本小說，最大的創新就在於它有力地發展出了和人民群眾的關係。〈中國的日夜〉中，張愛玲嚷嚷說「我的人民，我的青春」，那是虛的，但《小團圓》中一個細節記載說，她被人問道，識不識字？讓當時特別渴望融入人民群眾的九莉感到一陣驚喜，這是實的。因此，就用最樸素的方式接受《小團圓》吧，韶華老去的張愛玲已經沒什麼野心，前前後後出場的近百個人物，既是一次小說的團圓，也是一次歷史的團圓，而在張愛玲歷史中過往來去的那些辛酸往事現實人物，也在這裡完成終極見面，難得的是，小說結尾記錄的是她只作過一次的夢：青山木屋藍天，陽光下滿地書影搖晃，松林中出沒著好幾個小孩，都是她的。然後之雍出現了，微笑著把她往木屋裡拉。

張愛玲說，「她醒來快樂了很久很久。」我不知道子善老師看到這裡是什麼心情，反正我挺感動的，我覺得普羅能接受這樣的愛情，其他的，就用草根的方式暫時睜一眼閉一眼嘍。

當年，邵之雍被九莉的文采吸引，打定主意去找她，說，就算這文章是男人寫的，也要去找他，所有能發生的關係都要發生。現在看看，能發生的的確都發生了，而張愛玲最好的地方是，她用最好的關係定義了他們的關係，《小團圓》至終不出惡聲，非常了不起。而如果今天我們還要緊緊夾住他們，那就是苟樺作風了。

學生問，〈鬱金香〉是不是張愛玲的作品，我說肯定是。證據多多，只說兩點。一，〈鬱金香〉不是陳子善老師發現的；二，〈鬱金香〉的主角叫寶初，弟弟叫寶餘，係庶出。

聽我解釋，這些年，子善老師在張愛玲身上花的功夫，漸漸的已經有了黑社會的作風。從上個世紀八〇年代迷上張愛玲，編出一本又一本和張愛玲有關或有那麼點關係的書以外，他到處偵探和張有關的線索。如果他是警察局長，我相信他早把桑弧先生抓起來了，嚴刑逼問，和張愛玲只是普通朋友？《哀樂中年》的稿費她為什麼不要？陳子善去美國，和骨灰級張迷高全之相遇，幾個回合就熱了身，兩人起身衝往張愛玲的洛杉磯故居，衝不進去就耍花招，花招不成想用強，一直折騰到天地蒼茫，最後脅持了一位剛從公寓裡出來的女大學生，非法進入。所以，如果有人問，張愛玲還有什麼親人在世，我會毫不猶豫地告訴他，陳子善。

最近，張愛玲去世十周年，子善老師又挖空心思，弄出了一本絕調文字十年祭，《沉香》。本來，除了一些情色鉅片，陳老師是不怎麼看電影的，可是，張愛玲編劇的《不了情》因為劇本湮沒，陳老師是活生生把他們一句句聽寫下來的。如

愛玲，子善和其他

桑弧編劇、導演的電影作品（1946），但張愛玲是否曾參與構思甚至執筆編劇，仍有頗多爭議。

此深情，如果用在其他事情上，怕是要出事。前一段，聽說初版本的《秧歌》在網上拍賣，被一個江湖高人叫走，陳老師那個焦心啊，不過憑著大海撈針的本事，他很快打聽出了情敵姓名。陳老師當夜修書，一頁又一頁，頁頁掏紅心，請您出讓，出讓，出讓！嘿嘿，沒想到，這回棋逢對手，不讓，堅決不讓。傷神歸傷神，陳老師信心十足，「我會開出一個他無法拒絕的條件！」第一代教父的台詞，陳老師肯定會比馬龍．白蘭度講得更好。所以，我真心通知神祕的江湖高人，還是早點讓給陳老師吧，否則後果真是很難預料啊！

言歸正傳。如果〈鬱金香〉又是陳老師地下挖出，廣大人民肯定和我一樣，敢怒不敢言，怎麼陳子善運氣就這麼好，老讓他採到人蔘娃娃？而且，永遠是不早不晚，徐志摩生日啦，郁達夫忌日啦，陳老師又有新發現。還好，〈鬱金香〉是中國現代文學館的吳福輝老師和他的博士生李楠挖出來的，我們就放心了，那一定是真的，不可能是陳老師自己在家寫的。這個世界上，陳老師還能允許第二個人假託張愛玲寫小說？

不說了，說點正經證據。

據吳福輝老師提供的〈鬱金香〉上半部故事梗概，我一看到主角名字，就斷定了這是真品。怎麼說呢？大家都還記得〈傾城之戀〉吧，記得白流蘇搶的是誰的場面？相親回來，是誰「沉著臉走到老太太房裡，一陣風把所有的插戴全剝了下來，還了老太太，一言不發回房去了」？是七小姐寶絡，庶出的寶絡。這個寶絡，她的命運雖然沒有在小說中交代，但是張愛玲在小說中寥寥數筆勾勒出的她的性格，已經就是她的命運，她最後一定是，一點一點被吸收到輝煌的背景裡，只留下怯怯的眼睛。

七小姐寶絡，幾乎是還沒出場就消失了，但是，她的性格，卻是張愛玲筆下多數人的性格。我想張愛玲大約一直也沒忘記這個失蹤了的寶絡，後來再寫到庶出的主角，自然地和寶絡排了行，叫寶初，也就是〈鬱金香〉的主角。而寶絡在〈傾城之戀〉中沒有展開的命運，完完全全在寶初身上完成了，他是消極的，偶迸那麼一下激情，自己「聽著也覺得不像會是真的」，所以，等到漸入中年，也就結個婚，娶個「好像做了一輩子太太的」女人，而自己亦無聊，亦一輩子也闊不起來。世事如煙，突然於茫茫人世中聽到一聲「金香」——過去戀人的名字——也就震一震，以為是自言自語叫出來的。

〈鬱金香〉結尾，是寶絡或寶初，最後命運的交代，「彷彿這夜是更黑，也更深了。」這篇小說寫於一九四七年，「張愛玲」這個名字已經變色，她內心很可能有了庶出的感覺，所以接續了寶絡的故事。

可能是因為太喜歡《戀戀風塵》，對《巫言》，我始終有點距離。

《荒人手記》後，朱天文的小說好似換了dress code，雖然小說、劇本後面，她始終是民國佳人的模樣，而且，見過她的人都不約而同，歲月流逝，她不變應萬變。但是，《巫言》是變了。

一九九四年，《荒人手記》一舉拿下台灣首屆時報文學百萬小說大獎，雖然小說的敘事主角是一個大學教書的男同志，但是，從開頭到結尾，他的情感都是巫女朱天文的，最明顯的標記當然是不斷出沒的作家、導演，電影和小說，他們構成了朱天文的符號學地圖，既是外相的圖騰，也是核心的抒情。而有意味的是，長期以來在朱天文世界中扮演隱祕主角的小津安二郎（或者說，侯孝賢）這回讓給了李維史陀，而且，像《憂鬱的熱帶》這樣的人類學論著片段還構成了小說中最抒情的段落。

李維史陀聯袂傅柯有取代費里尼和小津的傾向，但是，《荒人手記》勇奪大獎自然不會因為朱天文的論文寫得好，雖然這裡一段那裡一段的智言慧語令人印象深刻，最好的朱天文當然還是她情不自禁的時刻，是她把自己開放給敘事主角，把自己委身給筆下人物的時刻。噢，多麼難忘那些愛情片段，剛剛愛上的永桔得暫時離開，一延再延，已近黃昏。「我隨他下樓，藉口丟垃圾袋，步出門。路兩邊居戶，門前燃著火盆，騰捲紙符火星星。他走進煙裡，我好悲哀，大聲叫他名字。」然後，他回轉身，倒退著走；然後，我喊，陪你一起去吧。沒能陪他一起去。但是，「我飛奔上樓，抓了皮夾銅板車票，直去追他。」

戀愛時候，不管男女，都是這樣吧，一刻不想分離，而一旦最後時刻大限來臨，朱天文寫道，那時，我站在車站大廳，「擴音器裡的女聲廣播著班車時刻行次的奇異腔調，直如吸星大法叭地掏走我心，此時若有誰效妲己的背後一叫，我必跟空心比干一樣仆地而滅。」

哦，不管朱天文在書中其他時候多麼酷，她用現實主義的方式寫下的愛情總是擊準我們的命門，而且，百發百中。沒散完的步，流不完的淚，背叛和死嗑，忠貞和放蕩，年輕時候，誰又不是荒人？這些題材，讓我們一路跟著朱天文長大，跟著她變老。

所以，雖然《荒人手記》可算《巫言》的一個章節，甚至是前情提要，而且，她業已祭起人類學的方法論，但是，《荒人手記》中的朱天文依然是我們熟悉的，深情，非常深情。甚至，我們把這種深情作為台灣女作家的一種胎記，公開私下，我們都嫉妒這種深情，覺得這是台灣社會給女性的空間，讓女性保留抒情的能力也給予抒情的便利。所以，去台灣，我就不敢去看朱天文，因為在她面前，會覺得自己像男人。

不過，站在台灣的朱天文想法和我們不一樣。《巫言》出版後，曾經和朱天文作過一次筆談，我談起我更喜歡《最好的時光》中的朱天文和侯孝賢，她說：「我們的作品，小說，電影，都是，在一個時期變得很『猙獰』，好像翻臉不認人。六月底在南京，不只一位讀者，近乎請求的口吻對我說，你可不可以進兩步退一步，不要走那麼快來不及跟吶。《最好的時光》好歸好，但生命各有自己的時間表，半由人半不由人，這是沒辦法的。況且你若有志氣，境界雖好，也要『不住』，不愛耽在其中不出來，總愛往前走往不容易處去，這才有勁是不是。」

朱天文的這段話，讓我想了很久，也佩服了很久，「境界雖好，也要『不住』」，真牛逼啊！所以，《荒人手記》後，她一路往前走到那不容易處，拿出《巫言》。

怎麼描述《巫言》啊！某種意義上，朱天文好像克服了自己寫作的黃金結構，不再是秋刀魚滋味，不再是威尼斯之死，不講古希臘神話，不講亞馬遜傳奇，用她自己的話說，她走到她為自己設定的座標上，也就是新世紀以來，她一直在琢磨的「台灣作家的位置」。

什麼位置呢？她說：「根據我們的寫作經驗，原來有一塊東西可能是大陸作家無法寫的，而這一塊可能是我們台灣作家為文學共和國版圖能貢獻的一塊拼圖，那就是對現代性的描述。」朱天文認為，台灣的現代性不像大陸那麼暴烈，當然也不馴良，不那麼快也不那麼慢，所以，在華語文學版圖上，台灣作家的這個寫作位置是大陸作家無法取代的。

本著這個決心，《巫言》幾乎就成了小說版的《後現代主義，或晚期資本主義的文化邏輯》，而詹明信在這部輝煌的理論著述中分十個章節展開的後現代清算，既可以看作《巫言》的起點，也可以視為結論。而且，我想像，當年，艾森斯坦試圖用蒙太奇方法論把《資本論》改編成電影，也可能就是用《巫言》這樣的蒙太奇結構：浩大的現代博物志（一路從政客、中產，綜藝講到e-mail、V8和魔術，出入真實世界和虛擬空間），相對客觀的鏡頭（曖昧到有讀者認為朱天文在揭露品牌的時候鼓勵了品牌），時間變成空間，烏托邦終結後的烏托邦，潛意識消失後的潛意識，既是對將來的懷舊，也是對過去的展望。理論上講，《巫言》的確達成了朱天文的心願，寫下了大陸作家無法取代的作品。

可是，對《巫言》表達完最高的敬意，我有疑問。

我的疑問是，當朱天文勇往到後現代地帶，她留在身後的那片抒情空間，怎麼辦？說白了，我自私的意思是，對朱天文，甚至是對台灣作家而言，守住抒情的位置，可能要比描述現代性更為重要，也更為艱難。也是在這個意義上，普羅對早期朱天文和侯孝賢的熱愛絕不是因為懷舊，恰是對未來的懼怕，對現代性的逃避。早期朱天文和侯孝賢，那些無比清潔，無比充沛的歲月，才是巫，才是菩薩，這個，從洪荒到現在，才是我們戀戀風塵的根本。

說起來，從《世紀末的華麗》開始，朱天文的寫作野心就有了職業化傾向，《巫言》一寫八年，不再是我們熟悉的土地、青春和男女，而是互文式的論文和事例，就更顯示出了她的「職業追求」，她對台灣作家位置的自覺體認。也的確，就《巫言》本身而言，無論是在她個人寫作史，還是當代文學史上，朱天文都算完成了一樁 mission impossible。但是，嗷，原諒我的強迫症，在描述現代性成為共識，甚至也算不乏前人和後人的時代，華語文學的版圖，稀缺的是抒情，而且是現實主義的抒情能力，這個能力的時俗表現，就是我們從台灣回來，說話會溫柔很多。

當然，我知道，這樣去要求朱天文，是討嫌的，然而，我們愛她很久了，不怕在她面前暴露「沒志氣」。

說起朱天文，我們沒志氣

人頭馬的七十年代

北島和李陀主編的《七十年代》是華山論劍的陣容，徐冰北島阿城陳丹青王安憶張郎郎，蔡翔李零鄧剛閻連科翟永明韓少功，嚴力柏樺范遷黃子平王小妮趙越勝。所以，這書，真是用不著封面設計，三十個作者名頭擱那兒，不戰而屈人之兵。

三十人頭馬作者，再加上四個大紅字書名，我打開書的時候，簡直有些看手抄本的激動，就好像少年閻連科拿到《紅樓夢》、學生韓少功讀到《赫魯雪夫主義》。我先把書裡的照片研究了一遍，呀，王安憶這麼漂亮！除了翟永明，詩人長得都不咋樣。阿城的襯衫還雙上兜，一左一右，塞得鼓鼓，色情兮兮。張郎郎英俊，陳建華多情，徐冰很清秀，可惜沒看到我的偶像蔡翔老師年輕時候的照片。

近六百頁的書，一天一夜看完，用的是我以前披星戴月看金庸時的激情和速度。不過，看完後，說實話，感覺鬱悶。

三十個作者，除了蔡翔、閻連科等少數幾個，皆出身高眉，當然，所有作者拿起筆的時候都高高眉了。而在作者的履歷中，我們看到，一大半的人去國千里留洋的留

high brow，見解、學識與文化修養都高人一等的知識分子。

洋海外的海外，其餘的，不是作家，就是名校大師江湖高人。

我相信，多數讀者和我一樣，出身平民，喜歡了解並且嚮往高端生活，嘖嘖，這沙龍那沙龍的，都吃的什麼聊的什麼看的什麼？中國的宮廷劇這麼火，當然有它的群眾基礎。所以，聽這些人頭馬順口溜一樣提到，「大小劉麻子」英若誠和他太太吳世良，中央樂團的首席小提琴楊秉蓀，陳伯達的兒子，我們對張郎郎們真是有敬意啊。哎呀，有什麼辦法，張郎郎們可以說「魯迅老頭兒」，我們不敢。他們出入的不是學部，鄰居不是翻譯普希金的，就是機關大院，最小的角色也是大內高手的後代。不過，我們的確喜歡，比如李零筆下的那些個人名，張木生，劉曉軍，岳小蓮，打心眼裡，我也希望和李零同學，然後有很多茅台級同學，不為雞犬升天，只為共同擁有。

沒錯，被北島、李陀召集到這本《七十年代》裡來的人，共同擁有一段「《今天》式」或「類《今天》」歲月，一個方便的檢閱就是看他們怎麼描寫一九七六年九月九日。

「一九七六年九月九日下午，我和嚴力在芒克家聊天。芒克跟父母一起住計委大院，父親是高級工程師，母親是復興醫院護士長。」這是北島關於那天的開場，他喜歡交代諸如「高級工程師」這樣的細節，而這也成為《七十年代》全書的一個特色。然後，護士長讓他們下午四點聽重要廣播。

聽完廣播，「我們對視了幾秒鐘，會意一笑，但笑得有點怪，有點變形，好像被一拳打歪——這一時刻讓人猝不及防。芒克順手從床底下摸出半瓶『二鍋頭』，到廚房取來三個酒盅。」同時，陳丹青，人在西藏，聽到消息時，和兩個朋友一起，「刻意扯些別的話題，閃避目光，不敢對視，抑制嘴角的痙攣，只怕猝不及防，笑出來。」

兩個「猝不及防」，兩次「笑」，他們在人群中一定能互相辨認，雖然在阿城心裡，毛澤東「已在聽敵台的雲南知青心裡於七一年死去」，但是，效果是一樣的，就是陳丹青「斗膽」寫下的「當年的真實」：「我們等待最高領袖逝世的這一天，等很久了。」

陳丹青的這個「我們」似乎就是《七十年代》的大眾，因為很可惜，在這本書裡，和北島等構成張力的敘述，比如蔡翔和閻連科的文章，都沒有提到一九七六年九月九日。不過，雖然我本人長期以來是阿城、陳丹青和北島極為忠實的讀者，甚至，毫不誇張地說，我整個的青春期都迴響著「我不相信」的調子，我還是覺得，光有北島的笑，是不能稱為《七十年代》的。用封底選用的李零的話來說，「八〇年代開花，九〇年代結果，什麼事都醞釀於七〇年代」，從現在的歷史看，今天顯然不是「三個酒盅」「會意一笑」的邏輯展開能夠抵達。因此，雖然李陀在序言裡檢討了此書作者的失重，我還是認為，這樣的一個嚴重缺陷，不僅導致了北島們突然成了多數派，北島們的回憶失去了歷史感，而且，讀者在不斷的看到他們的牢獄之災和擔驚受怕後，會對他們的高端訴苦也產生厭倦和懷疑，而更大的問題是，在闔上書的時候，我突然疑惑，北島是否還合適來主編這樣一本講述中國歷史的回憶錄？

二〇〇三年，《書城》上有一篇關於北島的訪談。記者問北島，「你怎麼看自己早期的詩歌？」北島回答：「現在如果有人向我提起〈回答〉，我會覺得慚愧，我對那類的詩基本持否定態度。在某種意義上，它是官方話語的一種回聲。那時候我們的寫作和革命詩歌關係密切，多是高音調的，用很大的詞，帶有語言的暴力傾向。我們是從那個時代過來的，沒法不受影響，這些年來，我一直在寫作中反省，設法擺脫那種話語的影響。對於我們這代人來說，這是一輩子的事。」很顯然，北島不僅要悔其少作，而且坦言，「有時朗誦會上碰到中國聽眾，他們說更喜歡我早期的詩，我能感到和讀者的距離在拉大。」然後記者追問，「介不介意這種距離？」北島：「不介意。」

我看到這裡覺得心冷。每年春天，我都在大學課堂給一年級學生講朦朧詩，每年，都有最多的同學選擇上台朗誦〈回答〉，「如果海洋注定要決堤，／就讓所有苦水都注入我心中；／如果陸地注定要上升，／就讓人類重新選擇生存的峰頂。」這些句子，年復一年，我聽了不下一百遍，但每一次，它們依然在我心頭產生放電的感覺。可是，我們熱愛了多年的詩作者，今天宣布，他慚愧他寫了〈回答〉。而因為這個慚愧，他說他不同意關於「文化的根」的說法。好像是，他現在的寫作動力，就來自「語言上的忠誠和文化上的反叛」所形成的「緊張關係」，因此他號稱，「中文是惟一的行李。」

只是中文，沒有中國，並且，他不再介意他的中國讀者。這樣，在前不久香港召開的當代文學六十年研討會上，北島毫無負擔並很有把握地對記者說，「我覺得大陸前三十年是毛文體一直影響著我們的漢語寫作，很長時間根本無文學可談。」「在毛文體下，我們已經沒有談戀愛的語言了，更不要說寫作。」但是，在《七十年代》這本書裡，我們讀到最有意思的那些章節恰是用毛文體寫下的愛情。比如，鄧剛說，三十歲的他，愛上了一個十九歲的女孩。姑娘是共產黨員家庭，他是反革命家庭，這種結合，比國共合作還要艱難，然而，「我顧不得許多了，這是背水一戰，沒有後路也沒有側路根本就沒有路。」

沒有路的情況下，鄧剛的「狼子野心」居然得逞，這樣，為了心愛的姑娘，他決定在物質匱乏的年代，給姑娘擺上山珍海味的酒席，因為他是堂堂海碰子，他準備「親自潛進海裡拚命，而且必須潛進當時被軍管了的海港裡」。如此，在隔一天就要結婚的下午，他像特務似的潛水了，但因為太貪心，他發現自己回不了岸了。最後，在他處於半昏迷狀態時，一艘小快艇駛來，「上面正高高地站著一個面孔陰沉的警察，那真是政治宣傳上說的『無產階級專政的柱石鐵塔般聳立』，他兩眼放射著正義的光芒，正等著我自投羅網。」

結局是，警察救了鄧剛，而且，把足夠他結兩次婚的海參鮑魚也扔給了他。

我喜歡這個故事。事實上，整本《七十年代》，如果沒有徐冰、蔡翔、閻連科等人的文章，這就是一疊貴族訴苦，當然其中也有齊瓦哥醫生式的甜蜜，而徐冰，因為和北島等人同處北京文化圈，他的態度就顯得尤為珍貴。

徐冰說，他的同學中不是缺爹就是缺媽的，或者就是姊姊成了神經病的，但是，他沒有像北島那樣被那個時代壓得變形，他很認真地總結說，「我們之中沒有一個玩世不恭的，這成了我們的性格。」

他還寫到，下鄉時候，每天帶著畫箱，帶著書上山，可還沒幾天，就沒什麼書好帶了。「有一天，只好拿了本《毛選》。毛的精采篇章過去背過，熟到完全感覺

即專門從事潛水捕撈的漁民。

不到內容的程度。」接著，徐冰另起一段，鄭重寫道：「可那天在杏樹下，讀《毛選》的感動和收穫，是我讀書經驗中少有的，至今記憶猶新。」「那天的收穫，被埋藏在一個業餘畫家的心裡，並占據了一塊很重要的位置。」

事實上，徐冰這篇文章的結尾，很可以拿來批評這本《七十年代》。在談到「星星」對美院的震撼時，他說，那時，研究法國荒誕派的王克平等「星星」「是異數的，而我們是複數的；和大多數是一樣的。我和『我們』確實是相當愚昧的，但愚昧的經驗值得注意，這是所有中國大陸人的共同經驗。多數人的經驗更具有普遍性和闡釋性，是必須面對的，否則我們就什麼都沒有了。」

就此而言，如果北島不能穿透籠罩內心的「憎惡」，反而給這「憎惡」找上西方的理由和同志，那麼，他背叛的就不僅是過去的歷史，還是未來的生活。這裡，讓我抄錄我非常喜歡的徐冰的一段話：

一九七九年九月廿七日，一群未就讀美術學院體系的青年藝術家在北京辦起「星星美展」，開中國前衛藝術風氣之先，後來更組成星星畫會。

除個別先知先覺者外，我們這代人思維的來源與方法的核心，是那個年代的。從環境中，從父母和周圍的人在這個環境中待人接物的分寸中，從毛的思想方法中，我們獲得了變異又不失精髓的、傳統智慧的方法，並成為我們的世界觀和性格的一部分。這東西深藏且頑固，以至於後來的任何理論都要讓它三分。

所以，在紐約，當有人問徐冰，「你來自這麼保守的國家，怎麼搞這麼前衛的東西？」徐冰可以非常從容地回答他：「你們是波依斯教出來的，我是毛澤東教出來的。波比起毛，可是小巫見大巫了。」

可惜，北島是決意捨大巫就小巫了。我這麼講，絕不是批評北島的文章，坦白說，單篇文章而論，北島依然寫著眼下最美的中文文章，而且，文中時常還迴盪著他過去年代的激情，比如結尾時，他說，「我想起頭一次聽到的郭路生的詩句，眼中充滿淚水。迎向死亡的感覺真美。青春真美。」但是，「青春真美」這話時隔三十年，在《今天》和「今天群」失去語境的今天，無疑也消散了其衝擊力。所以，北島的文章美則美矣，卻也無力穿透我們今天更為複雜的存在。

也許，多少抱著烈士暮年的心態吧，北島以孤注一擲的姿勢，集合起當年的《今天》和「星星」和地下沙龍的龍主，要向今天再次反戈。而令人鬱悶的正是其反戈的姿勢，當年他的壯志有多麼崇高，今天的復仇就顯得多麼蒼白，因為雖然是複調形式的「說吧，記憶」，但厚厚六百頁卻顯得單薄，是三十年前的老姿態，還是那種小團體作戰的方式，還是那點「舍我其誰」的意思，只不過這個「我」，已經無力吹響集結號。

中文不是行李，這是北島在主編此書時的一個前提錯誤，由此，此書的厚重也令

Joseph Beuys，德國當代藝術家（1921-1986），是廿世紀行動藝術、觀念藝術、裝置藝術與即興藝術的重要代表人物之一。

人質疑。

對此書的單薄作了拯救的，除了徐冰，還有，就是蔡翔。蔡翔的文章是這三十篇中最出色的，他四兩撥千斤地扭轉過本書的航程，尤其是他文章最後的一節，很短，但很有力量。「社會發展很快，但付出的代價也真的不小，這些代價裡面，包括一個階級的尊嚴。」但這個階級的尊嚴，不在《今天》的視野裡，也不在本書主編的視野裡，所以，在討論「七十年代」如此嚴重的命題時，閻連科的重大疑問，卻成了本書的一個小問號，我覺得這是荒謬的。

閻連科說：「八〇年代之初，中國文壇轟然興起的『知青文學』，把下鄉視為下獄。把一切苦難，多都直接、簡單地歸為某塊土地和那土地上的一些愚昧。這就讓我常想，知青下鄉，確實是一代人和一個民族的災難。可在知青下鄉之前，包括其間，那些土地上的人們，他們的生活、生存，他們數千年的命運，那又算不算是一種災難？」

毛澤東在試圖回答閻連科的問題時，迎面碰上了北島，三十年過去，如果我們還只停留在那個年代的水平線思考問題，如果我們還能無視這些年滄海桑田裡的中國問題，那麼，用蔡翔文章結尾的話說，「很自私。」

3138229
3138229
湖濱
5

Who Is She: 有關孫甘露

中央電視台拍過一組紀錄片，《一個人和一座城市》，劉心武和北京，張賢亮和銀川，何立偉和長沙，上海和，孫甘露。

紀錄片中有一個鏡頭，孫甘露走到一個書報亭，買了一份報紙，然後在報亭前左右一環顧，拿了報紙離開。這個鏡頭曾經出現在高達的名片《斷了氣》中，當時的主角是楊波．貝蒙，貝蒙在巴黎街頭買報紙，是因為他隨手殺了一個警察，他想看看自己是不是上報了。上了報！可貝蒙不緊張，他愛上了在巴黎街頭賣《紐約先鋒論壇報》的珍．西寶，西寶也愛他，他要帶西寶離開巴黎。可就在走前一刻，西寶說，剛才我跟警察打電話了。當時，貝蒙還有機會走，但他看著心愛的姑娘，說，我疲倦了。

想不通這個結尾的人，想想孫甘露，基本上，他就是貝蒙。當然，貝蒙具有先鋒派的所有氣質：戀人。浪人。詩人。哲人。幾乎不用淡入淡出，貝蒙老去，孫甘露接上，他騎在一輛綠色自行車上，以職業漫遊者的名義出沒大街小巷，生活中有的是驚濤駭浪，孫甘露的態度完全新浪潮：不慌不忙。

孫甘露，「先鋒派」知名作家。小說、隨筆、詩歌皆長，著作有《上海流水》等多部。

《斷了氣》*A Bout de Souffle*，中國譯作《精疲力竭》。

太不慌不忙了，我們跟他說，有人為你心碎呢，他只是笑笑，他的目光投在遠處的一只氣球上，令人覺得他完全是個不及物動詞。怎麼說呢，在一個過於及物的時代，他的狀態，包括生存和寫作，都顯得過於不及物了。

我幾乎沒有聽他談過自己的童年和少年，從他極度的優雅和非凡的品味看，他應該有一個華麗的童年，他的嗓音還留著良好教養的質地，不像我們，激動起來就暴露貧民窟鍛鍊出來的大嗓門，也因為這個落差吧，對一個貧民人口眾多的中國，他的讀者群不算龐大，但他的戀慕者是茫茫人海。有一次，他來我們學校演講，他講的話我們似懂非懂，他造出的教室空氣卻極盡纏綿，中間不知是誰還傳了一張紙條，上面寫著孫甘露地址，我們都如獲至寶地抄了下來，當然不是為了要去他家，甚至也不是為了給他寫信，抄下來，是我們及物的方式。

但孫甘露不給機會，他是這個城市的驕傲，可說起上海，他的語氣幾乎是輕描淡寫：「上海是一個城市，而不是什麼人的故鄉。」這麼多年了，好像這裡依然只是他「存放信件的地方」。但我看過他不少照片，格子襯衫黑色西裝，倚著上海美術館吐出一個又一個煙圈；站在蘇州河岸邊，半是冷酷半是柔情地注視著有些渾濁的河水；又或者，他戴副墨鏡，從咖啡館的窗口往外看，看不清他的眼神，但沒有人比他更適合使用「上海」這個定語。這就像五十年前，新浪潮一代不停地藐視巴黎，但巴黎還是寵愛他們，這是愛情語法，但適用人和城市，作家和讀者。

這是孫甘露永遠迷人的地方吧，他高我們半頭行走，他隨手寫下的詩句讓我們黯然銷魂但又完全無法把握，他和我們一起吃飯，和我們一起笑，甚至，也轉發一些不那麼高尚的短信，但他一直像聖誕禮物一樣存在我們中間，連人頭馬寶爺看到他，都虛心起來，寶爺跟我們推薦舞台劇《包法利夫人們》，最後加一句，甘露也說不錯。於是全場服貼，他的拇指就是權威表達，文化市值超過央視。所以，有時孫甘露輕輕一句，「看到你的文章了」，我就會馬上想到普魯斯特的體會：「她說了句關於我父親的很平常的話，但說得那麼優雅得體。她的目光宛如給這句話鑲上了美麗的鑽石光芒，使它變成極其高貴的珍品。」

認識孫老師也有一些年了，從來沒有看他對誰疾言厲色過，也從來沒有聽他背後月旦人物，他稍稍高於飲食男女地活著，既不做任何感情不到位的動作，也不做任何感情指向具體的表達。他生活在當代，卻跟班雅明書中的人物一樣憂傷深沉，又跟迪士尼樂園裡的卡通一樣單純快樂，有時候，我們也替他著急，你不能無限地以《紅樓夢》的方式存在，上海如果可以寄放你的信件，也應該寄放你的肉身，再說，愛慕你的人那麼多，總有願意和你共生死的珍·西寶。

接著，寶爺就問：「我為你的《呼吸》取了一個音譯的題目，就叫Who Is She，到底Who is She？」對此，孫甘露只說，這題目好。

讓一步

表弟上幼稚園的時候，喜歡上同班的女孩，不知道怎麼表達，走過女孩身邊，扯掉了她的辮子。那時我們都笑話他，自覺自己是長大了，長大當然知道如何表達。

可是也不一定。活了半輩子，茫茫人海中走走，我自以為早練就了聲色不動的功夫，但是，去年在香港見到張大春，還是慌張得不行，雖然沒上去扯他辮子，但一桌吃飯，聽到有人叫大頭春，還是嘩啦打翻了葡萄酒，血紅噠嘀地坐在餐桌上，心中的懊惱簡直可以溺死自己。

熱菜沒上，我就溜了。第二天和張大春一起當評委，我在散文組，他在小說組，當時覺得是有生以來最體面的事情，但是一直沒敢找他說話，不知道怎麼開頭，「張老師，我一直很喜歡讀您的作品」，那得穿中學生校服才合適；「大春老師，沒想到您這麼年輕英俊」，那是把自己當范冰冰了；心中千軍萬馬，後來索性躲著他走，草草地當了評委，草草地回了上海。

回上海路上一直聽寶爺讚美張大春，連帶著加深了對寶爺的好感，寶爺還告訴我，一直想把張大春全盤引入大陸，但大頭春眼界高，至今沒看上一個可以託付終身的出版社。正遺憾著，世紀文景推出了《聆聽父親》。

《聆聽父親》其實在坊間已經流傳很久，除了被冠以很多最高級，還被爆了很多第一次。比如，朱天文說，「第一次，他如此之老實；第一次，他收起玩心；第一次，他暴露了弱點」；而用張大春自己的說法，「從來沒有哪本書寫完有被掏空的感覺，這是第一次。」甚至，「第一次，他邊寫邊哭」。

打開書前，腰封上的推薦，媒體的歡呼，已經把我們的情緒鋪墊得非常飽滿，甚至，我找了一個靜悄悄的夜晚，黃道吉日似的，手邊還放了一包紙巾，自覺憑自己的控制力做不到眼睫毛抖抖就能過詔關。我看得很認真，很投入，一直到東方魚肚白，我沉浸在張大春的前世今生裡，既希望做他的祖宗，又希望當他的兒子，當然最好能當張大春，但是闔上書，回過神，我發覺，自己竟然沒流過一次眼淚，倒是有幾次，還笑過，比如他替他爹抱不平，因為爺爺對爹不好，他衝口說出：「爺爺是個老混蛋！」然後父親一巴掌就拍了上來。誰小時候沒這樣的經驗，幫著媽媽罵爸爸，結果兩邊不討好，憑空兩記麻栗子！

作者邊寫邊哭的作品，又是平素真相莫辨的張大春第一次示弱之作，讀者沒有跟著哭一場，是我們的智商出了問題，還是情商有了欠缺？《聆聽父親》再看一遍，我這樣為自己說情：家族記憶也好，國人鄉愁也罷，在我們讀者這裡，還是傳奇啊！清朝的算命先生我們沒見過，三百畝良田沒見過，甚至，大姑二奶三爺這些稱呼，於我們，也都是章回小說裡的稱謂，沒貼身碰到，在書裡又是東出西沒，剛有模糊印象轉個身已經下場。不過，張大春說他自己邊哭邊寫大概不假，因為書中的曾祖母、大大爺、五大爺、六大爺，對於大頭春，那是聖經和超我，面對身家性命，除了軟弱，還能玩出什麼花招？而且，讓我不憚以最壞的心思來揣摩這個世界上最聰明的男人，在我看來，示弱，就是這部作品的最大花招，或者說，最大技巧。

書中幾次強調，「讓一步」是他們張家門兒的德行，但是，誰都看得出來，有資格說「讓一步」的，那是無論在精神還是物質上，都是有餘裕的。而整部作品的敘事技巧和情感機關，也全在這「讓一步」。他講故事前讓一步，說是講給尚未出生的兒子聽；大大爺在「筱雲班」的故事沒有兜全，他讓出一步，讓六大爺的《家史漫談》出場；他開頭是讓，結尾也是讓，逃難路上的母親，本來可以展開最煽情的片段，他讓給下一部曲。

嘴上讓一步，筆下千萬畝，他哪裡是掏空了，寫完《聆聽父親》，才是天下無難事，家族故事裡能拉扯進奧德賽，裝下李逵魯達，張大春第一次踏入了鬼斧神工的境地，嘿嘿，大頭春索性抖落一身繁花，三分豐子愷，三分周作人，三分泰戈爾，再加一分「讓一步」，寫出《認得幾個字》，表面娛子教女，其實標語口號：普天之下，莫非春土，率土之濱，莫非春臣！

這個時候，讓我們使個壞心眼，對大頭春說，你哭的時候，我們沒哭。

越來越癢

瑪麗蓮・夢露（Marilyn Monroe）站在地鐵的通風口上，白色的連衣裙被風吹起，她急急忙忙用手去捂，同時抬起頭，風情萬種地看了一眼攝影機。比利・懷爾德（Billy Wilder）導演的這個鏡頭讓全世界（尤其是，男人）記住了一個詞：七年之癢。

男人特別記得住這個詞，心癢難熬的時候，覺得自己的行為也有根有據。那麼祝福這些癢壞了的人，現代科學已經更人性地為他們的行為背書：七年之癢是不科學的，因為愛情荷爾蒙最多支援你兩年。義大利科學家於是一槌定音：就算發誓永遠相愛，荷爾蒙也未必答應。

到底什麼時候發癢現在還有爭議，更激情的已經在為「百日癢」尋找材料，但就算是偽科學，這個「兩年之癢」已經在網上募集了無數信徒，癢癢癢！癢癢癢！

是人就熬不住這個癢啊！你看，連大作家余華都頂不住，《兄弟》還沒寫完，先把上部十萬字拿出來發表了，不過，廣大讀者也癢，罵歸罵，先把上部看了再說。這都是什麼年頭啊！風靡全球的《24小時反恐任務》一季一季地搞，第五季出來的時候，我幾乎有點哆嗦地打開了DVD，聽到「地咚！地咚！」的背景樂就欲仙欲死了。只是，這回真的是仙死了，因為放到十二集就沒了，就擱淺在那裡了。雖然影碟上明明白白寫著二十四集，但CTU總部遭到生化武器襲擊後，畫面就定格了。說起來，這是我平生第一次對盜版不滿，盜亦有道啊！影像不清楚，有三眼皮，或者把「I'm serious」譯成「我是斯芮爾」，都是我們普羅可以忍受甚至接受的，但是不能這樣惡搞懸念啊！

然而，很快我也就習慣了這種半截子的生活，當賣碟的小夥問我，《七劍下天山》出來了，要不要？我問他完整版嗎？他說不是。心癢癢的，我也買了。因此，當《兄弟》（下）終於出來，我還是由衷地讚歎了一下，四百七十頁三十多萬字，在這個耐心比雞的牙齒還稀罕的時代，光憑這個體積就是個交代了。

但是高興得太早了，一路讀來，感覺是越來越癢，那個原來和時代擺對決姿態的余華不見了，當他對現實發動所謂的「正面強攻」的時候，他自己卻和現實和解了，心癢難搔地成了筆下世相的一部分，紙上網上，我們已經無數次讀到余華訪談，知道他本來只打算寫八萬字，但失控到四十萬；而這種失控，讓他極其自信，說《兄弟》絕對是一部自己滿意的作品，他舉到小說中的一個片段，直接說，「這一段敘述寫得多好！」

當然，作家自己給自己頒諾貝爾獎也不是什麼新鮮事，而且，當三十歲的余華噴薄而出的時候，我們的確曾興奮地感受到他火中取栗的激情，但這些東西全部被今天的余華在這回的《兄弟》長跑中卸掉了，他輕裝上陣，說深刻到簡單也好，說簡單到深刻也行，只是，誠實的讀者跟著余華一路狂奔，說好的「正面強攻」最後淪為一場「正面佯攻」，《兄弟》不僅沒有給我們力量和這個時代抗爭，反而讓我們看到了時代之癢如何傳染了當代不多的幾個大作家。與此同時，我們還會不斷聽到作者的畫外音，《兄弟》我已經邁入不朽的行列。

奧運結束了，世博還沒來，連寶爺這種天天亢奮型的也進入了不應期。入口網站上，罵張藝謀和讚張藝謀的都沒人跟帖了；萬家燈火裡，少年人退學要去體校的家庭危機已經過去；子善老師晚上不出來吃飯，沈爺坐在飯桌上不講葷話，飯館裡的鴨跟雞一個味道；公車上的司機開始打盹，地鐵站的警察準備撤退，誰吃飽了提溜炸藥搞行為藝術？

吃飽了撐著沒事幹，看《風雅頌》。一直傳這書是影射北大的，當然，影射北大也就是影射全中國。所以，簡直是抱著看黃片的心情，大家人手搞了一本。也真是沒落空，一上來就是捉姦在床，我方是研究《詩經》的副教授，敵方是副教授老婆和副校長。改革開放三十年了，大學裡好像一直就這點破事。然而，金牌拿到手軟，黃片看到不舉，《風雅頌》驚心動魄的開頭到底驚動了誰？

不應期了。雖然聽說有義憤填膺的大學老師出來要和閻連科分個青紅皂白，但我疑心這也就是出版社的炒作，這些年，哪個大學沒個老師寫點什麼影射一下，但誰吃飽了去跟作者較過真！桃紅柳綠三十載，風雅頌如果還是主要矛盾，那麼大學校長真還可以拍胸脯說，這裡依然是最後的伊甸園。

當然，《風雅頌》的主角不是大學，讓閻連科念茲在茲的也不是《詩經》傳統，他的心願說大也大說小也小，要在天地間拷問出自己的存在。不過，讀完《風雅頌》，我的小說閱讀神經再次感到倦怠，主要原因，當然是我自己。然而，作為一個對主流寫作充滿虔誠的讀者，或者我也可以表達一下自己的疑問：作家同志們，沒發現整個大學其實早就進入了不應期，捉姦在床這等風流多年不見了吧？

網民已經在緬懷色狼教授，弄堂巷子裡的小流氓也成了懷舊對象，和《風雅頌》或者有關或者無關的一點是，轟轟烈烈的當代生活不是色鬼的溫床，是墳墓。偶爾，聽上了年紀的老教授追憶青春，覺得他們八十歲的臉龐像梁朝偉，而我們，簡直是閹過兩次，第一次自己練《葵花寶典》，第二次集體練。

大學一年級，寫作課，宋琳講了半學期，然後說，接下的課由格非老師講。文史樓301，窗外就是食堂，肉麵蛋湯，小炒入夢，誰講都一樣，反正最後一節課，準時下課的就是好老師。這樣，一學期的頭鍋菜吃下來，格非、宋琳都給我們留下了美好的印象。

後來，中文系的來串門，問起我們的寫作老師，其中一個拍案而起：豈有此理，宋琳格非給安排去外語系，卻不給我們本系的上！醍醐灌頂，我們終於明白自己是多麼渾噩。但寫作課已經結束，同時，一個學期的肉圓也終結了我們對食堂的激情。

不過，回頭想想，人生大抵如此，八〇年代在時間上結束的時候，我們心理上的八〇年代才徐徐展開。最近看格非的《山河入夢》，這種感覺就更強烈了。

《山河入夢》有一個愛情故事的框架：梅城縣縣長譚功達，一個滿腦子烏托邦夢想的男人；縣長祕書姚佩佩，一個帶著悲劇命運的清醒女孩，但他們命運的相遇卻發生在他們分離以後。其時，譚因為水庫失事被革職，姚因為殺了強暴她的人而逃亡，女孩感到時日無多，開始在逃亡途中給譚寫信。滄海桑田，譚亦發現自己最愛的人就是姚佩佩。山河相隔，他們瘋狂相思，譚開始想像姚佩佩怎樣逃亡，到了什麼地方，天是不是下雨，會不會被抓住，愛情在沒有一點實現機會的時候降臨了，山河入夢，譚的夢想，他的意識都為姚佩佩所主宰，甚至，他夢見了她的夢。我是你的。我的夢也是你的。

這種愛情，或者說，這種敘事，好像成為一種格非語法了。你看，在《山河入夢》的前傳，譚功達的母親，《人面桃花》的主角秀米，也曾朦朧地意識到自己對「表哥」張季元的感情，但是，愛情的真正發生卻是在張季元死後。帶著張季元的日記，秀米開始了她的烏托邦之旅。

不知道這是作者的宿命論，還是他特意為這個烏托邦三部曲設置的語氣，《人面桃花》第一章，取名「六指」，但這個「六指」一直要到小說最後一章才出現，而他一旦出現，也永遠失蹤小說；《山河入夢》第一章，「縣長的婚事」，但婚事的最終完成卻是在倒數第二章，而沒隔多久，這樁婚事亦告終。好像是，整個故事的發生和發展就隱喻了烏托邦法則：烏托邦不能也無法降落，但是，對烏托邦的想像卻是故事的源頭，是歷史的開始，是這個世界最初和最後的夢境。

因此，《山河入夢》可以說是以一本書的力量平衡了一個時代，在愛情都變成脫衣舞的世界裡，夜夜夜宴，黃金金金，小說卻以感人至深的夢想為我們最深處的絕望拉上了帷幕，當然，這個帷幕在未來的展開中，將顯示更加宿命的意味。就像《山河入夢》的封底所寫：「不管姚佩佩如何掙扎，那片陰影永遠不會移走，因為它鐫刻在她的心中。」所以，和安娜・卡列尼娜一樣，姚佩佩一出場就和自己的命運邂逅，與譚功達一起從普濟水庫回來，他們就遇到了搜尋案犯的警察，當時，清白的她看著這些警察，莫名地淚流滿面。

不過，蒼天在上，這只是故事的開頭，小說最濃的詩意還在這些眼淚的歸宿，結尾時候，住在冰冷的烏托邦裡的譚功達，「蹲下身子，他的手指輕輕地拂過綴滿露珠的蘆葉，就像是在觸摸一張掛滿淚水的臉。他相信，這就是佩佩的臉。」而藉著這個溫度，格非也告別了那個被標籤為先鋒作家的自己，他不再是小說史上的炫技派，歲月流逝，他決心以最大的善意打撈歷史，為二十世紀寫下警世鐘，也寫下芙蓉誄。

菊殘霜枝。山河入夢。當年格非給我們講現代小說，講到契訶夫如果在小說開頭描寫了一把槍，這把槍在小說結尾前，一定會打響，但在現代小說中，就不一定。而這把在格非小說中懸了二十多年的槍，在《山河入夢》中，終於打響了。因此，我也說不清楚，《山河入夢》到底是現代，還是傳統。

香

上星期收到一份問卷，問同代的作家中最喜歡誰，我想了想，回答，孟暉。

和孟暉認識也有六年，但一直有點君子之交的腔調。我平日和人交往，常有肥膩的傾向，但在孟暉面前，卻很收斂，自己也不知道為什麼，回想起來，倒有達利見加拉的虔誠。達利為了吸引加拉的注意力，把自己弄得雞毛撣子似的去見她，但看見她，馬上回身去把自己收拾乾淨。嘿，我這不是煽情，倘是煽情，我會說，「見了他，她變得很低很低」之類，孟暉沒有侵略性，她的姿態甚至是低的，但說不清楚，圍繞在她身上的什麼東西讓我這樣的南蠻在她面前自覺地放低了聲音放慢了語速。

收到她的《畫堂香事》，沒看幾篇，豁然明白，鎮日浸淫在如此蘊藉的香事裡，她沒變成神仙姊姊已是俗世僥倖，而我們以後再說「我的朋友孟暉」，自己也會頰齒生香了。

真是香。香之事。香之容。香之食。香之居。感謝佛祖，世道粗礪，我們還有孟暉。她從歲月中打撈出來的蘭湯芳枕薔薇露，帶著當年的愛怨情仇，伊呀儂呀的從千年的歷史現場返回，過於目馳心迷了，怎麼辦？還是中國人的老辦法，消受不起唐僧，就吃唐僧，來看香之食。

教你幾招。暮春四月，花盛之時，將那剛剛盛開過、尚未凋謝的藤蘿花與玫瑰花剪下，將花瓣洗淨，加白糖、脂油丁拌勻，蒸成千層糕。用完玫瑰糕，來喝梅花茶。「湯浮暗香，茶烹寒雪」，把半開的梅花蕾摘下，拌以炒鹽，密封在瓷瓶裡，到了夏天，在茶碗中放一點蜜，再放進去三四朵梅花蕾，用滾水一沖，花蕾立刻綻開。

此情可待成追憶啊，所以，你說，冒襄和董小宛的愛情還需要千描萬畫嗎？冒襄飲完酒，董小宛端出幾十只小白瓷碗，都是她親製的飴糖凝露，有秋海棠、梅花、野薔薇、玫瑰、桂花、菊花……這樣，讀完「香之食」，我堅決認定《畫堂香事》才是真正的《戀人絮語》，羅蘭．巴特的版本就顯得粗胚，而穿梭於整本書的香氣又美妙地整合了這個不經意的解構主義文本，巴特費力完成的絮語在孟暉筆下，顯得多麼四兩撥千斤。

不是亂套，這本看上去小小的《畫堂香事》，對於當代生活，就是四兩撥千斤。它提醒我們曾經多麼隆重地生活多麼熱烈地相愛多麼詩意地棲居，沒錯，書裡的香事，從香料的製取，用法，到香器的形制和使用，都脫不掉「腐朽」的嫌疑，但是，讓我們避開意識形態的嚴厲眼神，從內心歡呼「四角垂香囊」的生活吧，「窗窗戶戶院相當」「微風暗度香囊轉」，這樣的日子，你不喜歡嗎？

是的，你承認你也喜歡，你也喜歡清風裡調調口脂，描描黛眉，倚翠屏，添香爐，但是你說，這是亂世呀，亂世裡容得下這樣的閨閣閑情，養得起如此的蘭麝心事？是的，我承認《畫堂香事》就此而言，是一則則傳奇故事，但是，就像孟暉自己在「綴語」中說的，「所有的那些芳香都曾經是真實的，所有的那些情感和欲望也都是真實的，正像一年年的花開花落，成就了古典的畫堂影深，閨意綿綿，」這些曾經的「真實」難道不是對現世的最好批評？

所以，《花間十六聲》也好，《畫堂香事》也好，我一直放在書桌上，一直不去讀完它們，作為一種念想留在時間裡。

輯二
必須是個情人

必須是個情人

關於毛姆，有許多真真假假的傳說，有些是他自己在有生之年製造的，比如，十九世紀末年輕女子求偶的惟一條件是，對方喜歡毛姆的作品；有些是書商、劇場和好萊塢炮製的，比如，一九〇八年，看到他的戲同時在倫敦四家劇院上演，蕭伯納身心抓狂；有些呢，是他的狂熱讀者投票的，一九五六年，BBC調查誰是我們在這個世界上最渴望見到的人，毛姆！

不過，真也好，假也好，發生在毛姆身上的事情夠他再活十個世紀，儘管就我個人而言，活著或死去，我都不願碰見毛姆大人，在他嘴下，沒人能夠超生。皇家宴會，主人女王都想躲著他吃飯，知道他寫不出好話來，除非你是小男童。哎呀，毛姆真是歡喜小男童，他老婆因為他身邊的小混蛋傑拉爾德丟了夫人席位，而小傑的後任艾倫則嫉妒從仰光一路到海防的那些小混蛋，說毛姆把他的心撒在遠東了。

且慢，艾倫的醋言倒是恰到好處地說出了《客廳裡的紳士》的好。說此書是毛姆的遊記，那絕對不會錯，而且他自己也證實，「它是一冊穿越緬甸、撣邦、暹羅與印度支那的旅行記。」不過呢，如果把毛姆視為「在路上」的先驅作家進行閱讀，把他那既精神又物質、既靈魂又肉身的路線納入英美文學地圖看，我們就會發現，這個在當代依然引起我們強烈八卦興趣的作家，掩藏在遊記中的這些個毛姆分身，隨著時間流逝，似乎開啟出了越來越廣闊的傳記空間和文本價值。呵呵，讓我們數一數《客廳裡的紳士》中，出現了多少個男童，而在《西班牙主題變奏》中，他又是如此罕見正面切入了同性戀問題，就能感覺得到，這個老男人情不自禁的時候實在有文章可作啊！

當然，如果只在同性戀問題上糾纏毛姆，那是王八看綠豆，雖然我也不特別願意用「想像的異邦」這樣的後現代理論來理解他筆下的遠東和西班牙，但是「異邦」的解釋力還是要遠遠高過性取向，而在這個線索中可以引出的話題大概又可以支援一批博士論文，諸如「歐白男」所攜帶的殖民問題，第一世界和第三世界的相遇對抗和彼此征服，等等等等。但是，讓我們對我們真心喜歡的作家付出有心的閱讀吧，當艾倫淒涼地說出，毛姆把他的心撒在遠東了，我們為什麼不能把歐洲客廳看成遠東臥室的一個鏡像？就像《客廳裡的紳士》中，歐洲是觀念，遠東是日常，歐洲是傳奇，遠東是隨筆。

十九世紀末二十世紀初的作家，很多出入兩個世界，也描寫兩個世界，比如亨利．詹姆斯，但毛姆明確表示看不上大作家詹姆斯，認為他是「連土語和客廳用語都分不清的拙劣寫字匠」。對詹姆斯的評價我們不能完全同意，但毛姆對「土語」和「客廳用語」的區分顯然出自他的意識形態，而從這種區分出發，他對景棟對暹羅的感情，的確是由衷的表白：「令我有興趣形諸文字的，不是事物的外表，而是它們予我的感情。」

這種感情，在《西班牙主題變奏》的尾聲，幾乎就是激情的最高級表達：在西班牙，人就是詩歌，是繪畫，是建築。人就是這個國家的哲學。這個精力旺盛的民族似乎將它所有的活力和獨創性都投入了一個目標，一個唯一的目標：人的創造。他們並不擅長藝術，他們擅長的是一個比藝術更加偉大的領域——人。

所以，雖然《客廳裡的紳士》和《西班牙主題變奏》屬於兩個領域的作品，就像遠東和西班牙在政治地理上也分處兩個等級，但我還是覺得有一起閱讀它們的必要。這裡，我反對用業已形而下化的「遊記」概念來統攝它們，「遊記」這個詞，對《客廳裡的紳士》而言，是中傷，雖然毛姆自己願意用「遊記」來掩蓋一些事實；而用來定義後者，幾乎是輕浮，雖然毛姆一定無所謂，在他眼中，「遊記」會比「史記」更好賣錢，賣錢就是硬道理，這無可厚非。但是，對於一部已經超越了當年寫作時代的作品而言，《西班牙主題變奏》可以是一部藝術史和文學史的示範之作，毛姆悠遊小說林，出入大劇院，上得廳堂，入得廚房，陽春白雪到九個高音C，然後筆鋒一轉回到肉菜飯、烤乳豬，完全是眼下時髦的文化研究寫法，但又完全沒有文化研究的習氣，因為毛姆筆底有人。而當他用人的筆墨描述歐洲男和遠東女的故事時，我簡直想掩住這些章節不讓李銀河看到，因為故事主角會赤裸地撞在現代槍口上。

故事很簡單，駐緬甸的一個英國男人愛上了一個緬甸女子，男人非常愛女人，女人愛不愛男人，我們不是很清楚，反正女人要求和男人結婚，而且他們有了三個孩子，但是男人不願意，因為娶她的話，他就得在緬甸待一輩子。他還是想回英國，回老家，想埋在英國的教堂墓地。書中有這樣一段：「我想腳下踩著英國鄉鎮的灰色人行道，我想可以走去跟屠戶吵一架，因為他昨天給我的牛排我咬不動，我想逛逛舊書店。我想小時候就認識我的人在街上跟我打招呼。我想自己的房子後面有個圍起來的花園種玫瑰。」

看到這裡，真是有保護毛姆的衝動啊，如此政治不正確的感情太經不起女權經不起殖民理論的體檢，但我保證，如果我們光顧著當批評家，那小說最深處的精神意義就會和我們擦肩而過。就像毛姆在《西班牙主題變奏》裡分析阿郎索的寫作，說他僅用一個詞就打發了一段私情，但西班牙的精神就是這樣用似乎冷酷但又無比熱烈

中國第一位研究性的女社會學家。

的方式練就的，既是月亮，又是六便士。

一九四一年，伊薛伍德（Christopher Isherwood）遇到毛姆，後來在給佛斯特的信中，他說，毛姆讓他想到貼滿標籤的旅行箱，只有上帝知道裡面究竟是什麼。毛姆死了快半個世紀了，他的聲名一直是二甲第一名，對於這個，毛姆生前倒也津津樂道，但內心想必憤憤不平，因為受他讚賞的正典作家屈指可數，而這個二流領頭作家在今天倒應該重新進入我們的視野，既有助我們重新檢討經典，也幫助我們重建和讀者的關係，很顯然，雖然衣修午德搞不清他的旅行箱裡是什麼，但作為上帝的讀者很清楚：要理解愛情必須是個情人。

於是，毛姆毫不猶豫地上路，他的風格既是極簡派，又很巴洛克，而兩者又彼此說明互相拆解，既表達為遠東的神廟，又體現在西班牙男僕身上。反正，對於聰明絕頂的毛姆而言，關於寫作，根本沒有靈感這回事，你必須上路，必須是個情人，這個，也可算他對讀者的要求。

生是你的人，死是你的鬼

一

在這個世界上，沒有多少人例外，我們從《傲慢與偏見》進入奧斯汀世界，等到拿起《曼斯菲爾莊園》時，已經是珍．奧斯汀的一個跟屁蟲了。

達西出場，「身材魁梧，眉清目秀，舉止高貴，」這就讓我們有無限好感了，而緊接著一句，「每年有一萬鎊的收入，」更把這人頭馬的道德資本給夯實了。所以，整個小說的高潮不在最後的終成眷屬，而是達西的「彭伯里」登場。

「彭伯里的樹林一出現在眼前，伊麗莎白就有些心慌」，事實上，伊麗莎白．班納特馬上被達西的彭伯里大廈征服，「頓時不禁覺得：在彭伯里當個主婦也還不錯吧。」接下來，達西的所有行動，即便有些傲慢，因為有彭伯里當底子，都獲得了奧斯汀和伊麗莎白的贊許。而我們讀者，作為奧斯汀領地上的居民，自然會分享奧斯汀作品中的一條公理：財產，對於單身漢，那是一種道德增值。啊噉，達西那「一萬鎊」，沒在你心中增加對他的好感嗎？

可是，《曼斯菲爾莊園》似乎要修正我們的勢利眼，雖然小說一開頭，還是經濟問題：七千英鎊嫁入曼斯菲爾莊園，馬利亞·沃德小姐實在是賺的！但是，我們的女主角芬妮第一次走進曼斯菲爾莊園，卻沒有表現出伊麗莎白式的傾倒。相反，「公館的富麗堂皇令她吃驚，但是並不能安慰她。那些房間太大了，她在屋裡覺得不自在；任何東西她都不敢碰，怕弄壞它們；不論走到哪裡她都提心吊膽，怕遇到什麼意外，最後只得退回到自己屋裡啼哭。」當然，芬妮其時才十歲，還不懂得財產可以兌換成美德。

但接下來的芬妮意志就讓我們對她刮目相看了。

小說第四章，芬妮已經十八歲。亨利·克勞福德先生出場，他有錢，風度翩翩，眉目清秀，立馬惹得曼斯菲爾莊園的兩個小姐爭風吃醋起來，但奧斯汀說得明明白白，他不是真心的，他是玩弄女性感情的魔鬼。而且，小說中途第二十四章，他的確顯露了魔鬼本色，他再次來到曼斯菲爾，因為沒什麼消遣，突然決定，「讓芬妮·普萊斯愛上我」，他躊躇滿志地要在芬妮的心上打一個小小的洞。可隔了六章，這個紈褲子弟就向世故的妹妹瑪麗·克勞福德承認，他已經離不開芬妮，「下定決心要與芬妮·普萊斯結婚了」。但是，面對這個幾乎已經變得和達西一樣好的亨利，芬妮從不曾真正動心，甚至好幾次，連奧斯汀也跳出來幫他說話，為他打氣，鐵棒磨成針啊！

其實，也不能說芬妮完全無動於衷，亨利跑到她老家樸茨茅斯去看她，脫離了曼斯菲爾的芬妮在自己的家裡反而孤苦伶仃，而亨利又顯得前所未有的體貼，敏感和細膩。有那麼一剎那，芬妮自己也動搖，「難道他的求婚不是完全合理的嗎？」可是，問題就在於，從童年時代起，芬妮就默默地愛著表哥埃德蒙，雖然埃德蒙愛的是瑪麗．克勞福德。

小說最後四章，亨利的命運急轉直下，當然，這逆轉並不完全來自他一邊愛著芬妮，一邊又引誘了已經成婚的曼斯菲爾莊園的大小姐與他私奔，這逆轉來自他突然失去了奧斯汀的庇護，或者說，奧斯汀突然失去了《傲慢與偏見》時代的寬容心情，她變得嚴肅起來。

我們都記得，達西在《傲慢與偏見》中做的最大的一宗好事就是他悄悄找到了私奔的韋翰和麗迪雅，並押著他們去結了婚，從而挽回了班納特家的面子，這事後來也讓伊麗莎白無限感激，並一舉抹掉了她的所有偏見。但是發生在《曼斯菲爾莊園》裡的私奔卻不能這樣收場，而且，當瑪麗．克勞福德向埃德蒙提出，私奔的男女應該儘快結婚，藉此讓醜聞最方便地結束時，埃德蒙卻非常激動地向芬妮說道：「她向我們提出了一條轉危為安、妥協和解、縱容錯誤的途徑，也就是通過結婚讓罪行繼續下去；可是照我現在對她哥哥的看法，結婚正是我們應該阻止，而不是促成的事。」並且，因為瑪麗的這個建議，埃德蒙對她終於徹底失望，並萬分痛心地感到，以前從來沒有真正瞭解過她。對瑪麗這麼嚴格，對亨利就不用說了，小說最後，奧斯汀很乾脆地說，亨利走上了「絕望的道路」。

有很多讀者不滿意《曼斯菲爾莊園》的結尾，芬妮和埃德蒙最後的結合太過草率，完全是奧斯汀上帝般的一個手勢！相比《傲慢與偏見》，達西和伊麗莎白修成正果的時候，我們覺得幸福，但芬妮和埃德蒙的婚姻，我們雖覺得應該，卻沒有特別大的歡喜。那我們的不滿足來自哪裡呢？

二

一八〇九年，奧斯汀一家離開南安普頓，搬入了喬頓屋。這次搬家在奧斯汀個人寫作史上可以算一個分水嶺，之前她完成了《理性與感性》、《傲慢與偏見》、《諾桑覺寺》，之後完成了《曼斯菲爾莊園》、《愛瑪》和《勸導》，之間有十二三年沒什麼作品。雖然《曼斯菲爾莊園》在《傲慢與偏見》出版一年後就出版了，而且兩書在人物和情節上有諸多同構，但無論是語調還是氣氛，兩書都截然不同。

動手寫《曼斯菲爾莊園》時，奧斯汀三十六歲，不知是不是獲得了更多的自我，奧斯汀的聲音不再局限在一個主角身上，她自由出入多個角色，既用芬妮的眼睛看，也用埃德蒙的眼睛看，一個轉身，她也用托馬斯爵士，甚至瑪麗．克勞福德的眼睛看，所以，我們讀者似乎也被逼著不能任性了，像伊麗莎白．班納特那樣一個角度看人，容易產生偏見的啊！

的確，《曼斯菲爾莊園》把偏見降到了最低點，諾里斯姨媽是本書中最受嘲諷也最討嫌的人物，但是，在第十章的結尾，一群年輕人旅行回程，奧斯汀還是非常公道地說了一句，「但是當諾里斯太太不再說話時，車上便變得死一般的沉寂。」所以，像諾里斯太太這樣的多嘴多舌的中老年女性，都會因為這句話獲得小說的生存權。同時，作為道德化身的芬妮，當她拒絕出演表哥表姊們的家庭戲劇時，我們也獲得多種理由來解釋她的動機，她害羞！她清教徒！還是，她跟她的姨父托馬斯爵士一樣，壓根厭惡對家庭秩序和日常生活的破壞！

換句話說，閱讀早期奧斯汀作品的經驗在這裡起了微妙的變化，現在的主角不再能夠被「理性」和「感性」、「傲慢」與「偏見」這樣的概念所統攝，芬妮雖然寄人籬下，順從聽話，但她的內心法則卻無比強硬，而這種強硬又完全不同於伊麗莎白．班納特那種青春型的自由意志，毋寧說，芬妮的強硬和她小說中的年齡不相配，倒和作者奧斯汀的年齡比較相稱，而同時我們也有理由認為，奧斯汀藉著芬妮，第一次把愛情概念擴大了，也第一次表露了最個人化的愛情觀念：以深沉的兄妹「情誼」為基礎，這樣的結合，遠比羅曼蒂克的「愛」更有價值。

奧斯汀研究專家普遍認同這樣一種說法，《曼斯菲爾莊園》裡，奧斯汀的諷刺筆觸更加犀利也更加全面。好像是的，曼斯菲爾莊園的朋友圈，大多是富人，而富人，一向是奧斯汀調戲的對象，所以，輪番出場的人物，從芬妮的兩個姨媽，到兩個表姊，到表姊夫，表姊夫的媽媽，每一個人物都是領了奧斯汀淋漓的諷刺才落座的，但是芬妮除外。想想《傲慢與偏見》、《理性與感性》的主角們，他們一個個比芬妮美，比芬妮更有激情更有思想更有才華，但每一個人都得過奧斯汀的冷嘲熱諷，但芬妮沒有。甚至，芬妮回到家鄉樸茨茅斯，突然看不慣自己的家，看不起自己的父母，吃不慣家裡的飯，奧斯汀也沒有一句諷刺的話，還竭力地貶損她的家人來為她的反應背書，實在是，在芬妮身上，奧斯汀已經把自己捲進去了。

愛德華．薩伊德曾處心積慮地用《曼斯菲爾莊園》中的一個偏遠地理概念——安提瓜，提出了文化和帝國主義的問題。他詳細分析了托馬斯爵士的離開，展示了小說中的家庭秩序對另一個世界——缺席的加勒比殖民地——的依賴。把他的這個思路推到小說中的人物關係，我們會發現，瑪麗和亨利，相較於芬妮和埃德蒙，幾乎就是亨利．詹姆斯後來反覆探討的關係，既是世俗歐洲對純潔美洲的一次性啟蒙，也是淫蕩歐洲被清教美洲的一次愛教育。而在芬妮身上，更是多個層面匯聚一起，她是安提瓜，又是英帝國；是曼斯菲爾，又是樸茨茅斯；是美洲，又是歐洲，而這樣多層面交織的結果，無疑大大削弱了芬妮的愛情激素，《曼斯菲爾莊園》也因此成了奧斯汀小說中最豐富也最嚴肅的一部。

事實上，除了奧斯汀以旁觀者的熱情介紹了芬妮對埃德蒙的感情，我們就沒見過男女主角像樣地談過一次戀愛，所以，被奧斯汀早期小說養育大的讀者，面對這種水到渠成式的兄妹情愛，難免不滿足。芬妮和埃德蒙的愛情，既沒有財產需要讚美，也沒有意志需要重申，漫長的歲月更拖垮了化學反應，甚至，原諒我還保留著《傲慢與偏見》時代的勢利，《曼斯菲爾莊園》看到最後，當瑪麗．克勞福德對埃德蒙喊道，如果芬妮接受亨利，那大家就都快活了！有那麼一瞬間，雖然這樣的呼籲被埃德蒙認為十分罪惡，我卻覺得也可能是一部分讀者的心聲。畢竟，在整部小說中，最有戀愛表情也最有戀愛勇氣的，是這個花花公子亨利，他那麼有激情，那麼有誠意，那麼可能成為達西！甚至，我在想，亨利可能給芬妮更大的幸福，因為，毫無疑問，只有離開曼斯菲爾，芬妮才能獲得真正的主體性，否則，她永遠是曼斯菲爾莊園的一個養女，埃德蒙的一個表妹。

奧斯汀聽到我們說出這麼衝動的話，搖頭了。

三

《曼斯菲爾莊園》看過幾遍以後，終於明白，奧斯汀是不會讓芬妮離開莊園的。這是偉大的英國文學傳統決定的。

問過很多從英國回來的朋友，最難忘的是什麼？幾乎百分百，他們都回答，英國鄉村風景。根據奧斯汀小說改編的電影也不計其數了，我相信多數粉絲也最喜歡BBC版本，原因無他，BBC鏡頭裡的英國風景最迷人。甚至，誇張地說，當英國田野、小路、河流、莊園在眼前徐徐展開時，我們莫名地會有一種鄉愁感，雖然，比如我自己，從來就不曾到過英國。那鄉愁從何而來？

很多個假期，我一遍又一遍地看奧斯汀，看到伊麗莎白·班納特面對彭伯里無力自拔，我也跟著軟無力。當然，你說我勢利我也沒意見，但彭伯里為什麼比英國國會更激動人心？是什麼東西催眠了我們的意志，讓我們的心靈和伊麗莎白一樣既輕佻又莊重。實在是，英國文學史上，使得鄉村風景具有最大抒情功能的，奧斯汀是當之無愧的第一人。而奧斯汀的六部完整作品，哪一部離得開鄉村風景？她自己也說得很明白，她寫的，無非是「鄉間村莊裡的三四戶人家」，而這六部中，倒有兩部，還直接以地方命名。因此，與其說《曼斯菲爾莊園》是一部愛情小說，不如說它是一部有關一個人對一個地方的愛。

這樣想，我們也可以對芬妮和埃德蒙的兄妹之愛釋懷了。讓我用最通俗的方法來解釋一下，整部小說中，真正的男主角是曼斯菲爾莊園，你也可以說，它就是達西，所以芬妮第一次面對「他」時，並不愉快，這跟《傲慢與偏見》的出場很相似；而亨利·克勞福德的出場，就代表著要把芬妮帶離曼斯菲爾的力量，這力量當然只能以韋翰式的方式收場；相似的，為了讓芬妮真正意識到曼斯菲爾的好，需要讓她離開一段時間，所以樸茨茅斯一段必不可少，雖然有不少讀者嫌這一段多餘，但曼斯菲爾在道德上必須有樸茨茅斯這樣的陪襯，就像曼斯菲爾在經濟上需要不出場的安提瓜；這樣，最後，小說也就順理成章以曼斯菲爾和芬妮的關係結尾：

他們搬回曼斯菲爾以後，便住在那裡的牧師邸中，這幢房子在它從前的兩個主人居住時，芬妮每次走到那裡，總不免要提心吊膽，惴惴不安，現在卻很快成了她心愛的地方，在她眼中，它已與曼斯菲爾莊園區域內的一切景物融成一片，變得同樣美好了。

所以，一點不奇怪，小說中每次芬妮情緒波動，都是曼斯菲爾莊園的景色出場，它是安慰，它是撫摸，它是愛情。這樣的人和景色之間的綿綿情意，在英國文學中，由來已久，就像華茲華斯的《露西》組詩所表達的，「你綠色的田野曾最後一次／撫慰過她臨終時的眼睛」。英國作家和風景之間，常給人一種「幸福，因為在英國」的感覺，那奧斯汀的貢獻在哪裡呢？

基本上，奧斯汀以最不動聲色的方式，把英國作家的這種情懷擴大為英國人的普遍情懷，最後，藉著她世世代代的讀者，英國風景無聲無息地成為無數人的鄉愁。她描寫的村莊的景象、道路的狀況、土壤的差別、莊園的氣派、河流的反光，充溢其間的感情既是特殊的又是日常的，既是個人的又是普遍的，所以它具有介乎神和人的品質，既給我們的心靈帶來愉悅，也提供勸導：就這樣，和曼斯菲爾在一起。

和曼斯菲爾在一起，和英國鄉村在一起，和英國在一起，奧斯汀對英國的傳銷，真正做到了：生是你的人，死是你的鬼。

生是你的人，死是你的鬼

重複，堅持重複

年輕的時候，覺得安迪·沃荷（Andy Warhol）特酷。看藝術系朋友孜孜不倦地臨摹梵谷，就學沃荷的腔調開導人家：商業已經是藝術的最高原則了。但朋友冷冷一笑，沃荷自家收藏的全是路易時期的古典油畫！

《安迪·沃荷的哲學》支援了朋友當年的這一聲冷笑。全書看完，我也出了點冷汗，媽的，還好沒讓我在年輕的時候讀到它，否則以當年的輕狂和無知，一定會把沃荷的香蕉畫在書封上，碰到老師批評麥當勞，我大概會站起來用安迪反擊——

東京最美的東西是麥當勞。
斯德哥爾摩最美的東西是麥當勞。
佛羅倫斯最美的東西是麥當勞。

那時候，如果能給老師難堪，讓權威下不了台，幾乎就是人生目標。而沃荷的普普（POP）哲學就是此類叛逆的最佳攻略。嘿嘿，看不慣我們煲電話粥嗎？瞧瞧沃荷是怎樣夜以繼日打電話的，這本《哲學》活生生地說明了，煲電話粥也可

台灣版譯為《安迪·沃荷的普普人生》。

以不朽，重要的是，你得天天煲！

天天！這個長度讓我們氣餒了，事實上，對安迪．沃荷來說，普普在很大程度上是一種強迫症。這個捷克移民的後代，沒有一天不渴望更多的錢，更大的名氣，他說，「我理想的妻子是有很多錢，把錢全都帶回家裡來，除此之外還有一個電視台。」他畫畫，噢，嚴格意義上，他不是畫畫，就像當年伊迪（Edie Sedgwick）的有錢父親漫不經心對他說的那樣，「你更像個印刷匠啊，我還以為讓我女兒神魂顛倒的是什麼人物！」他每天從上午十點工作到晚上十點，他認為工作至高無上。畢卡索過世的時候，他在雜誌上讀到他一生創作了四千幅傑作，他就對自己說，「老天，我一天之內就辦得到！」而且，他放言他的作品會幅幅傑作，因為它們是同一幅畫。

重複，堅持重複！安迪．沃荷的普普生活在當年顯得有多麼眼花撩亂，在今天就顯得多麼千篇一律。他消費，同樣的短褲買三十件。他飲食，同樣的果醬吃一生。甚至，他在紐約的一個派對上經人介紹和他的繆斯女神伊迪．塞奇威克相遇，倆人的對話幾乎是寶爺天天在上海灘遭遇的——

塞奇威克：那就是傳說中的安迪．沃荷嗎？

筆名小寶，上海最富人文質感的書店「季風書園」創辦人何平，知名專欄作家，資深媒體人。著作有《別拿畜生不當人》等。

朋友：是的。想和他談談嗎？
塞奇威克：當然。
朋友：伊迪，這是安迪。
安迪：嗨！
塞奇威克：能見到你真是太棒了，我覺得你是個天才，你所做的一切都是那麼與眾不同，我非常欣賞你的才華。
安迪：嗨，你才是。

那是一九六五年，安迪已經成名，伊迪即將成名，如果允許想像，六〇年代最不羈的一男一女相遇，怎麼著都該是電閃雷鳴，但是，你看他們的對話，也平平無奇。甚至，他們接下來的日子，也稱不上傳奇。

伊迪遇到安迪的時候，廿二歲，父親有錢，自己美麗，才華橫溢，有家族精神病史。他們倆人，互相成全，後來也互相糟蹋。《哲學》第二節，標題「愛（壯年期）」，但寫得特別短，也特別尖刻，甚至，他都不用她的名字，他叫她「計程車」。

一九七一年十一月十六日，伊迪死於藥物過量，當時媒體和朋友圈裡有很多人指責安迪，認為他對她的死負有責任，如果不是跟著安迪拍了《工廠女孩》這些後來讓她成為「超級巨星」的「工廠電影」，不是他肆意地鼓勵他的「工人」濫用藥物，鼓勵他們盡情亂盡情出格盡情瘋狂，伊迪不會這麼快殘破不堪。嘿，當然，這麼說，安迪的追隨者會嗤之以鼻，在「工廠」的概念裡，怎麼可能有平常人生歡喜兒女？好吧，就算安迪勵毒有理，伊迪走投無路的時候，如果安迪能夠拉她一把，她起碼可以再風光十年。

這些年，幫安迪說話的人倒是越來越多，當然，把事情撇得最清是安迪．沃荷自己。整本《哲學》，伊迪顯得特別滄海一粟也就不說了，安迪的整個敘事就是一句歌詞：「你自作自受。」

自作自受，這也可算六〇年代普普症患者的普遍結果，但我看了安迪「工人」們的不少傳記和採訪，普普教皇無論如何可算六〇年代的一個元兇，因此，一九六七年，蘇蓮娜（Valerie Solanas）製造的著名「槍殺安迪．沃荷」事件，無論是在社會學意義上，還是在女權論者看來，都是非常正確的一件事。當然，這些射入安迪身體的子彈，如果是由伊迪發射，那會更加因果報應一些。

據安迪．沃荷的另一位「工人」雷尼．理查德（Rene Richard）描述，一九六七年，安迪準備拍攝《安迪．沃荷故事》，他要理查德扮演沃荷，理查德就要求，必須是和伊迪演對手戲。之前，伊迪為了巴布．迪倫已經離開「工廠」一段時間，但迪倫傷了她的心後，她又折回安迪這兒求毒求錢。如果有多餘的藥丸，安迪也會給她一兩顆。當然，安迪從來矢口否認他向伊迪提供過毒品。

「工廠」的另一個導演，安迪的主要合作夥伴保羅．莫里西（Paul Morrissey）在後來的自述中也證實了安迪向伊迪提供毒品。不過，以當時的「工廠」道德而言，向一個癮君子提供毒品，是做好事，真正讓旁觀者覺得安迪難辭其咎的地方是，他眼看著伊迪越來越娼妓，越來越髒，越來越亂，卻是把她往髒亂差的深淵又推了一把。

因為理查德的要求，安迪把髒亂差的伊迪一個電話叫到「工廠」，條件很簡單，「我會幫你付出租錢。」（這是他後來稱她「計程車」的原因嗎？）伊迪來了，她的樣子幾乎能解釋地獄，她擺平過整個紐約的迷人眼神，她創造超短裙旋風的細長雙腿，都在短短歲月裡成了毒品的俘虜。

但安迪不浪費時間，伊迪一到，他就叫「Camera」。理查德因為吃了粉紅藥丸，加上平日裡對安迪的不滿，把安迪演成了一個粗暴的地下帝王。他的仇恨良

出租車，即計程車。

好地煽動了伊迪的仇恨，她也表現得極為粗暴極為可怕，甚至對著攝影機大叫，「我討厭美麗！」影片拍了兩本結束，就在「工廠」放過一次，中途大家不忍心看伊迪的衰樣，紛紛要求「關機關機」。理查德說，「那天晚上，我和伊迪都扮演了安迪。」

多多少少，安迪周圍的人就是一種互相複製的狀態，雖然從六〇年代至今，這些人一直享有最具創意的名聲。但也從六〇年代開始，普普核心圈子中的一些成員也有了自我懷疑。VU樂團的貝斯、鍵盤兼中提琴約翰．凱爾（John Cale）就在自傳中說，「安迪所做的許多事，像是城中那些前衛藝術的『稀釋版』，拉蒙特．楊對安迪的美元、貓王、康寶湯罐這些絹印畫就深有懷疑。拉蒙特的東西可以永遠，但安迪只是重複。」

不過，凱爾一個掉頭，說，雖然是重複，但也只有安迪的重複帶來了革命。《哲學》從頭至尾宣傳，把自己變成機器！但你會發現，安迪從來沒有把自己真正變成機器。就像朋友說的，安迪發明普普，但收藏古典。他是狡猾狡猾的。他為六〇年代安排了一場拔河遊戲，但他自己一直是那個喊口令的，很快他和VU樂團的老大路．瑞德（Lou Reed）不能相處，很大程度上也是因為瑞德也是要喊口令的。

VU樂團：The Velvet Underground，地下絲絨。

安迪一直宣稱他從不閱讀，他唯讀圖，好像他所有的普普藝術都來自他良好的直覺。但像《毛澤東在一九七二》這樣的政治普普就顯示了他的政治嗅覺絕對不可能靠看看米老鼠獲得。一九七二年，一向僵硬的中美關係即將趨緩，他馬上「印刷」了毛澤東頭像，而不久中美也果真建交。這樣的例子還有不少，當然，在他獲得盛名以後，他的確擁有了點石成金的能力，那些至今還沒有被全部打開的「時間膠囊」就是最好個案。

汶川大地震發生前，為了救助一個重病的雲南孩子，我們發動過募捐。但地震來了以後，實在不好意思募捐了。後來我們就做義賣。畢竟學生手頭能賣的東西也有限，當時我就想到過安迪的「時間膠囊」。這會是多麼美妙的創意：向一百個中國藝術家一人發一個盒子，請他們在他們的寫字台上放一個月，每天往裡面扔些東西，留言也好，塗鴉也好，用光的筆芯也好，不穿的衣服也好，看了一半的小說也可以，用了一年的口紅也可以，總之，經得住時間留存的東西都可以。然後，我們展覽並拍賣這些「時間膠囊」。

後來，覺得這些膠囊可能會讓囊主感到矯情，而且和大地震的整體氛圍有些偏離，也就沒實施。不過做「時間膠囊」這種事情，說到底，還是一個堅持的問題，像我這種，連把垃圾每天投入垃圾站都覺得辛苦，「時間膠囊」計畫，想想美妙，臨陣到底怯場。

但安迪．沃荷的「時間膠囊」計畫卻堅持了十三年，從一九七四年到死一九八七年，每天，按他在《哲學》中所描述的，他都會把一些東西扔進一個盒子，盒子滿了以後，他就封上，標注日期，然後入庫。他死的時候，庫存了六百多個盒子。

這些盒子現在已經成了無價之寶，就像安迪當年大量繁殖的作品，二十年前，他的作品均價是六七萬美元，現在的一幅普通沃荷也能賣到一百多萬美元。所以，二十年來堅持不懈收藏安迪的猶太布商木格拉比憑著手中的八百幅安迪．沃荷，已經是富甲一方。而這個被他的經紀人描述為毫無藝術史概念的商人，他收藏沃荷的理念倒在某種程度上和沃荷的藝術理念非常合拍：帝國就是靠重複建成的！

矮胖的木格拉比在沃荷活著的時候，拒絕和他見面，現在，他的收藏幾乎匹敵匹茲堡安迪．沃荷博物館，他一邊喝酒，一邊揚言，安迪要活著，會主動來見我。

渾身蒼白的沃荷聽到這樣傲慢的話，如果按他在《哲學》中所宣揚的哲學，應該唱，「我會去見任何東西，包括一只馬桶」。但是，對他知根知底的莫里西會揭發：他懷揣幾張美金從匹茲堡到紐約，他是太崇拜有錢人了，就算他後來自己也成了有錢人，他還是喜歡有錢人。

有錢！出名！這是從小患風濕舞蹈症的沃荷從沒改變過的願望，不過，他的偉大在於，他以搖滾的方式裸露了「有錢」和「出名」全部過程，這就像他畫的那個香蕉，那些罐頭，意義非凡嗎？怎麼可能！

寫給六〇年代的情書

On Chesil Beach，大陸版譯作《在切瑟爾海灘上》。

新婚的夜晚，一個處男一個處女，兩個人都太希望給對方幸福，女孩強壓住自己的性恐懼和性冷感，竟是主動地引導性事，把他不見天日的東西帶到了自己命門口。可致命的剎那終究來臨，男人沒進入就噴湧而出，灑遍了她的小腹、大腿，甚至還濺到了她的下巴；她也終於沒忍住噁心，歇斯底里地擦掉身上的液體，起身逃逸，一直跑到卻西爾海灘。

這是《卻西爾海灘》的第三章，小說一共五章，圍繞這黑色初夜展開六〇年代的初戀和後果。不過說實話，一直看到小說第四章，也沒特別覺得這部麥克尤恩的必讀理由，雖然小說結構精緻之極，起落乾淨過程綿密，是英式傳統的四兩撥千斤，而且著名作家黃昱寧的譯筆入骨入肉，拿捏到原創境界。可作為一個壞心眼的讀者，讀完第四章，我準備好了刁難《海灘》：沒錯，和你一樣，我們都挺同情男主角，但剩最後一章你怎麼回籠？

小說第五章叫我們集體閉嘴，不管是作為經典作家也好，暢銷作家也好，麥克尤恩以短短的幾千字四海通吃，既為自己刻下里程碑，也為讀者敲響警世鐘。嘿嘿，同情男主角的讀者聽好了，知道你們為什麼至今跋涉在人世的海灘上，既沒能力和莫札特匯合，又喪失了青春期的勃勃雄心？

篇幅夠，真想抄錄小說的結尾，基本上，憑著最後的抒情，《海灘》成了寫給六〇年代的最美妙情書。老奸巨猾的麥克尤恩在這個第五章，繳械了冷靜和機智，他抒情，但不是《贖罪》式的個體情懷，他懷著對六〇年代的越來越純潔的感情，直接向過去的自己倒戈。幾十年過去，他堅定地站在性冷感的女孩一邊，直接批判了在卻西爾海灘上的男主角：她當時的建議其實多麼嚴肅認真，我們可以一起生活，如果你有需要，可以找另外的女人。

但六〇年代的新郎聽到這個建議，備感侮辱，他們從此分手，再沒見面。歲月流逝，他在物質和女人上都算得上成功，然而，「假如當初跟她過下去，也許他會把那些歷史書給寫出來。」再沒有夢想，卻西爾海灘成為愛情的墓誌銘。好在，與此同時，我們知道，身心俱碎的女孩後來終於在威格摩爾音樂廳演出，評論說，「她的演奏，就像是一個戀愛中的女人，不僅僅愛上了莫札特，或者愛上了音樂，而是愛上了生活本身。」

尺寸問題

海明威在《流動的饗宴》中不斷寫到費茲傑羅（F. Scott Fitzgerald），其中講到一件事，說是費茲傑羅有一次約他共進午餐，向他討教一件極為重要的事情。扯了好一陣子，費茲傑羅終於說，是關於「尺寸大小的問題」，因為他太太姍爾達認為像他這樣的尺寸不能博得任何一個女人的歡心。

然後兩個人一起去了盥洗室，海明威的結論是，「你完全正常。你從上面往下看自己，就顯得縮短了。」雖然得到海明威強有力的安慰，但費茲傑羅還是將信將疑。

這個細節很說明費茲傑羅的個性，而根據《流動的饗宴》，我們也會有這樣的印象，費茲傑羅對妻子姍爾達保持忠誠，來自他的不自信和神經兮兮。

不過，好萊塢雖然是最相信八卦的地方，卻始終裝著最相信愛情。費茲傑羅不甚著名的一個短篇因為被大衛．芬奇拍成電影，最近成了網路最紅的名詞，很多網友激動不已地叫，誰看過小說〈班傑明的奇幻旅程〉？偉大的愛情！

"The Curious Case of Benjamin Button"，大陸版譯作「本傑明．巴頓奇事」。

我倒是看過，覺得這部短篇在費茲傑羅的作品中，就相當於〈色・戒〉在張愛玲作品中的地位，都是因為電影而紅火。而怎麼描述兩種文本的《班傑明的奇幻旅程》呢？

電影《色｜戒》，看到最後，易先生在王佳芝睡過的床上掉了偷偷的一滴眼淚，不僅讓觀眾相信了他們的愛情，還有人猜測，這續集的內容就有了，易先生也是多重身分。不過，這些不去說了，我的意思是，夢工廠確有化平常為傳奇，化世故為童話的能力，《班傑明的奇幻旅程》的改編亦是如此。

電影《班傑明的奇幻旅程》其實就保留了小說的「奇事」部分：班傑明一出生就老態龍鍾，可是越活越年輕，最後以嬰兒的形態死去。其餘，班傑明和黛西超越時間的愛情也好，班傑明和養母超越世俗的溫情也好，都是編劇導演送的外賣。這樣，看過電影的觀眾急不可耐地要尋小說看，以為可以在費茲傑羅的小說中找到更激越更感人的表達，結果當然失望。

費茲傑羅寫下的班傑明如果擁有好萊塢版本的人生，這個有著孩子般外表的男人怎麼可能成為海明威的伯樂？不過事實也是，費茲傑羅一直沒有得到足夠重量的評價。也許是他的作品暢銷的緣故，也許是他的主題很美國，再或者他個人生活太紙醉金迷，入不敷出時候也給好萊塢寫過不入流劇本，對費茲傑羅的閱讀，一直有低估的傾向，其中包括電影電視動不動拿他的小說改編，就像這回《班》的金牌編劇羅斯說的：「改編費茲傑羅，非常難，不過……」

不過編過《阿甘正傳》的羅斯覺得他能勝任，而且他的能力也的確得到了奧斯卡提名，但是，我想費茲傑羅不會滿意。就像張愛玲不會讓易先生動感情，班傑明不可以有黛西，那樣帥哥美女，太煽情太童話。

海明威在費茲傑羅的幫助下，很快做大做強，以後他們的關係就有些顛倒，不過，海明威對費茲傑羅，倒是有過非常準確的概括：「他的才華是那麼的自然，就如同蝴蝶翅膀上的顆粒排列的格局一樣。最初，他並不比蝴蝶了解自己的翅膀那樣更多的注意到自己的才華，他也不知道自從何時這些被洗刷掉和破壞。直到後來，他開始注意到了他破損了的翅膀和翅膀的結構，他開始明白不可能再次起飛了，因為對於飛行的熱愛已經消逝，他唯一能夠回憶起的是，當初在天空中的翱翔曾經多麼輕而易舉。」

這一段話，完美概括了費茲傑羅短暫一生的創作，無論是個性使然，還是受妻子拖累，蝴蝶一樣的費茲傑羅最終飛不動了。而作為蝴蝶，費茲傑羅的寫作雖然迷死人，卻從來又是像蝴蝶那樣，具有冷靜，甚至冷酷的質地，他不甜蜜，他排斥一切甜膩膩的美國性。而正是在這些方面，小說和電影呈現了截然不同的兩種品質。

小說中的班傑明得到過愛情，但絕對不是銀幕上布萊德．彼特和凱特．布蘭琪之間的那種感情，而且，與其說費茲傑羅要讚美愛情，毋寧說他想諷刺愛情，最後，他的妻子毫不留情地被主角和作者共同遺棄，簡直可算小說史上的一個失蹤者，費茲傑羅都懶得最後交代她的命運。另外，跟電影中不一樣，這個可憐的女人不像在電影中有一個動聽的名字，她在小說中的名字拗口兮兮，叫Hildegarde，可見費茲傑羅不準備讚美她。

這個名字太長，而布蘭琪角色的名字，Daisy，尺寸就剛好。而如果我們用這個度量衡來看的話，原著中，倒也有一個人的名字，尺寸很好，那就是變小了的班傑明的保姆，Nana。也是在這個人物身上，大衛．芬奇和費茲傑羅取得了和解。原著中保姆Nana的形象轉換成了班傑明的黑人養母，她也是影片中最打動普羅的一個人物，當然，此類形象是好萊塢的強項，更是編劇羅斯本人的強項，我們在《阿甘正傳》中見識過阿甘的媽媽，用樸實的語言講人生哲學的女性。

但我更喜歡費茲傑羅筆下的保姆，她不講任何道理，她只是教班傑明說，「大象」，然後班傑明會一遍遍說出多汁的「大象，大象，大象」。這是小說結尾部分，也是整篇小說最抒情最動人的段落：世界就是他白色安全的嬰兒床，Nana，一個有時來看他幾眼的男人，以及一個巨大的橘色球，Nana管那球叫「太陽」，太陽下山的時候，他就睏了。他睏了，不作夢，不會被夢纏繞。

不作夢，不會被夢纏繞，費茲傑羅藉此表達出對人生對感情的最深悲觀。而好萊塢當然是反其道而行，垂垂老矣的布蘭琪從來沒有放棄過夢想，看著襁褓中的愛人，她相信他懂。

不過，我也不同意因此說，電影和小說表達了相反的東西。小說最動人的部分出現在最後部分，電影也是，在同一個尺寸上，都是班傑明的聲音。網上我看到，很多人的MSN簽名已經換成了電影的這段台詞：有些人就在河邊長大，有些人被閃電擊中，有些人天賦樂感，有些是藝術家，有些人游泳，有些懂得鈕扣，有些知道莎士比亞，還有些是母親，還有些，能跳舞……

也是在這個意義上，或者我們可以幻想，當費茲傑羅說出「不作夢」時，他的意思可能和大衛．芬奇的「繼續夢想」，不構成反義詞。

尚－保羅．沙特和亨利．詹姆斯都迷《包法利夫人》，迷得時間長了，都有些因愛生恨，詹姆斯後來責怪福樓拜「怎麼選了些這麼低劣的人來寫」？沙特寫完福樓拜研究專著《家庭的白癡》，火氣更是大得不行，索性罵福樓拜是虐待狂，朱利安．巴恩斯在《福樓拜的鸚鵡》裡有非常生動的描寫：「福樓拜死後一百年，沙特，像個壯健的、孤注一擲的救生員花了十年時間拍打他的胸部，把氣息呼進他的嘴裡；花了十年時間竭力想使他回復知覺，這樣他就能使他在沙地上坐直身子，確切地告訴他，他是怎麼看待他的。」

啊！他來是為了這個

《包法利夫人》看過三遍，誰都會有點沙特的脾氣。媽的，禿頂的福樓拜真是氣人，硬是一點機會不給愛瑪啊！生在鄉下也就罷了，上什麼修道院？上了修道院也行，怎麼嫁給包法利？嫁給包法利也能接受，讓她去跟子爵跳什麼舞？我們從小讀灰姑娘水晶鞋長大，既然跟子爵跳了舞，就該讓子爵愛慕她，一個晚上不夠沒關係，第二天愛瑪不是在回家的路上撿到了一個綠綢邊的雪茄盒？讓她還給子爵侯爵男爵去！

可是福樓拜不給愛瑪機會，包法利夫婦搬到永鎮，按道理，每個鎮上總有個愛瑪，可永鎮的愛瑪呢？愛瑪居然沒一個閨蜜和朋友，永鎮的女人都是藥劑師女人那樣的賢妻良母，永鎮的男人或者偽科學或者高利貸，好不容易愛瑪想到牧師，牧師卻想著柴米油鹽，家裡的丈夫愛是愛極了她，但從二十三歲到三十二歲，一直打瞌睡，有什麼辦法，愛瑪也只有婚外戀的出路，憑她的想像力，當然會拿巴黎作為終極安慰，愛上萊昂愛上魯道夫，既不是虛榮也不是貪心，要講精神層面的東西，甚至也不輸給安娜．卡列尼娜，但福樓拜自己瞥一眼上流社會，看看達西和伊麗莎白跳舞倒也般配，但畢竟童話，所以從一開頭就打消了我們的念頭，不會有《傲慢與偏見》，不會有《尤金．奧涅金》，喬治．桑和盧梭的機會也沒有，統統沒有，甚至連《欲望街車》那樣的呼喊也取消。

不過福樓拜對愛瑪還不算太壞，他讓她大口吞下一大把白色砒霜後，還在迴光返照的時刻見證了包法利的愛情，最最可憐的倒是包法利，這個男人活見鬼啊，愛瑪死後還要在小說中撐上一段時間，如果明明確確死於心碎我們也能接受，但卻在愛瑪死後不久，讓他洞悉到所有真相；洞悉到真相還不夠，還要跟真相打個照面，他說出他一輩子最了不得的話，「錯的是命，」福樓拜還要讓魯道夫覺得他下賤。

包法利最後死在了愛瑪約會情人的花棚下，這個結尾，讓人想到霍桑的〈好人布朗〉，大家都知道但沒有人確切知道他們死的時候想的是什麼，而擲下最後一筆，福樓拜算是大功告成，他穩穩地坐在歐洲小說版圖的中心，前面接莎士比亞，後面接喬伊斯，上面有托爾斯泰，下面有普魯斯特，偉大的觸角甚至可以抵達中國，〈金鎖記〉裡七巧的辛酸竟然用了魯道夫的台詞，「啊，他來是為了這個！」

而我們被福樓拜虐待得氣喘吁吁又欲罷不能，最後也就這句：「啊，他來是為了這個！」雖然，我們其實永遠走不進福樓拜，這個被文字奪走了心的傢伙。

啊！他來是為了這個

看希區考克的電影，常常會替罪犯捏把汗。《驚魂記》中，金髮女郎瑪麗安攜款逃跑，我們就希望瑪麗安一路平安，逃過警察逃過風雨；但是影片開始沒一半，瑪麗安就被精神病患者貝茨殺了，然後，貝茨緊張地打掃房間裡的血跡，浴室，臥室，牆上，地面，這個時候，我們發現自己又和貝茨在一起了，別忘了把馬桶沖掉，別忘了把錢帶走，快點快點！

凶手貝茨終於不負眾望乾淨利落地處理了屍體，我們也心頭一鬆。

這一鬆，黑色小說的作者就說，時辰到了。讓我們藉著電影院的這點黑，承認了吧，我們雖然喜歡花好月圓，但也非常喜歡，甚至更喜歡黑咕隆咚。

約翰．勒卡雷的《冷戰諜魂》就是黑咕隆咚地開場，又在更深的黑咕隆咚中結束。看這部小說，好像所有的事情都發生在晚上，發生在冬天，天空中還飄著灰色薄霧。事實上，這個寫於四十五年前的小說為日後的間諜小說規定了唯一的氣候條件，雖然小說很多場景發生在白天，但就像四〇年代的黑色電影，白天比晚

The Spy Who Came in from the Cold，中國譯為《柏林諜影》

上更黑，夏天比冬天更冷。所以，看詹姆士．龐德，雖然也覺得很過癮，但總覺得伊恩．弗萊明的作品不能算間諜小說，為什麼呢，我倒也說不上來，最近重讀勒卡雷，突然明白過來，嘿嘿，龐德享受了太多陽光浴，007的天氣實在太好了，這哪是情報人員能夠消受的照明。

唐諾說，因為英國這個老帝國長期壟斷著跨國的間諜事務，而且大量使用半業餘的工作人員，包括很多能寫善描的，所以，英籍作家幾乎壟斷了間諜小說業。這當然是最犀利最中肯的說法，不過，對於一個沒有什麼間諜知識的讀者來說，我也還願意相信，英國盛產間諜和間諜小說，跟英國臭名昭著的氣候實在是太有關係了。

我有一些歐洲朋友，說起來，因為學過一點英文，和英國朋友是最可以溝通的，但是也很奇怪，不少英國朋友總是給我一種雲遮霧罩的感覺，相反，義大利、法國出產的都會表達出當地的陽光。因此，像「冷戰」這樣以不良氣候命名的題材，可以說天生投英國作家的脾胃。而且我很相信，在倫敦的大霧裡，不在寫間諜小說的人，就是在讀間諜小說。

還能幹什麼呢？間諜這行當幾乎就是英國文學傳統的一個灰色表達。不要忘了，在珍・奧斯汀的客廳裡，每個人都曾表現出天生的間諜天賦。伊麗莎白・班納特在小說一開場，就表現了強勁的偷聽能力，甚至，連她那個最吵鬧的母親也極具間諜潛力：百折不撓，走自己的路，讓別人去說。當然，這個傳統裡的莎士比亞和狄更斯，就更不用說了，勒卡雷的悲劇主角，如果沒讓你想到過《奧塞羅》、《李爾王》，那麼，他筆下那些漠無表情手腳冰冷的冷戰產人物，讓你突然想到過《雙城記》、《塊肉餘生記》吧！

勒卡雷就是在這個傳統裡寫作，所以，我非常贊同唐諾對他的評價，而這個評價出現在《冷戰諜魂》的腰封裡，特別合適：勒卡雷小說「不僅僅」是間諜小說而已，說勒卡雷是間諜小說世界的只此一人，也並不是多高的一種讚譽，勒卡雷應該被正確置放到小說整體的經典世界才公允。

不過，我想補充唐諾的是，作為一種小說類型，間諜小說也該獲得她在文學史中的應有地位了。也就是說，當我們說《冷戰諜魂》是一部間諜小說，語氣應該跟我們說「《唐璜》是一部浪漫主義詩作」那樣隆重。

勒卡雷多麼了不起，單槍匹馬地創立了間諜小說的原型敘事：臨危受命，被組織利用，被朋友利用，重重難關過去，愛情沒了，生命沒了，最後連榮譽也沒有。

David Copperfeild，中國直譯為《大衛・考伯菲爾》。

而更重要的是，我們看《冷戰諜魂》，雖然始終關心利馬斯行動能否成功，但對於事件之間的邏輯牽扯，並不特別在乎，甚至，小說中一兩處顯眼的漏洞，也覺得無傷大雅。呵，我得坦白，我看過不少關於冷戰的論述，但始終沒太明白冷戰到底是一種什麼樣的狀態，看了勒卡雷，我獲得了現場感。間諜世界的黑色魂魄藉著勒卡雷的筆重返人間，這些置身無間道的人物最為深刻地展現了國際政治的銷魂手。所以，一九九八年《冷戰諜魂》出新版，出版商建議勒卡雷修訂小說中的矛盾之處，勒卡雷拒絕了，他說，「對我來說，它們是光榮的傷疤，對或不對，都是我的一部分，至今還刻在三十五年前我寫作生涯的入口處。」

是呀，有什麼好改的，勒卡雷的重點豈在利馬斯的來龍去脈，他要用最徹骨的絕望來表達最黑的人間，在這個寸草不生的地帶，愛情是唯一的表彰，亦是唯一的缺陷。但前赴後繼，這個地帶卻始終不缺人手，是愛國熱誠嗎，當然有，但是，反正天這麼黑，就讓我們摸黑說：這個黑暗世界的黑色風光，也是讓人欲罷不能。馬克白拿起凶器的時候，當然預見了自己的命運，但國王死的時候，我們不是和馬克白一樣熱狂嗎？嘿嘿，最後其實我也搞不清楚，拿起勒卡雷，是對我們自身黑色地帶的修復，還是放大。

上個世紀八〇年代末，大學很受歐風美雨的影響，我們去老師家玩，要求推薦一些能對美國文化有更深入了解的書，老師推薦了一串大作家，說到厄普代克的「兔子三部曲」，加了句，「不過這部小說性愛描寫出格了點。」

第二天，我們就在寢室裡披星戴月地輪流讀*Rabbit, Run*，但天地良心，看厄普代克對我們的辭彙量和理解力都太有挑戰，看上一個小時，就被催眠了；第二個人接著往下看，這樣一個寢室八個人，看到最後一個睡著，也沒看到一點色情描寫。不過，雖然人人心中都有上當的感覺，但第一次和兔子的短兵相接因為事先的意淫變得非常難忘。

很快，就有人搞到了中文版的兔子，這次當然是足夠爽了，在我們連「做愛」這樣的辭彙都羞於說出口的年代，美國人民已經在玩花樣了，所以，當年厄普代克在我們民間贏得的類似黃色作家的稱號，實在不算冤枉。而且，其時的報章評論，「兔子多麼冷漠！」「美國的中產階級多麼無聊！」我們也是真心認可，夫妻關係這樣還一起生活，美國人真是兔子！

然而歲月流逝，我們的生理和心理都被大大修改。今天重讀兔子哈利，我甚至覺得，他不僅不能算冷漠，而且還挺溫情脈脈的。新出的四部曲全譯本，最後一部譯成《兔子歇了》，憑著二十年前的兔子印象，我覺得不妨譯成《兔子完了》以表達一種幸災樂禍，作家陳村的建議則是《兔子掛了》，但我看完全部四本，覺得譯者蒲隆先生的「兔子歇了」真是合適，或者可以說，這個譯名更適合我們這個年代。一個時代有一個時代的文學，一個時代有一個時代的閱讀，一個時代也應該有一個時代的譯名。在我狼吞虎嚥的青春期，我大概會嫌現在這部《兔子，跑吧》的譯者劉國枝老師的譯筆過於文雅，但經過這些年的「思有邪」教育，如果厄普代克的翻譯還得需要熱力灼灼的用詞來吸引讀者，那麼這二十年的情感回暖就徒然留下環保問題了。

不，厄普代克四部曲在今天的意義顯然不是性宗教，也不是美國兔的死翹翹，煌煌四卷中譯本的價值，毋寧說是對當代中國的一次檢閱，而哈利·安斯特朗在我們心頭激起的情感反應，就能方便地定義出我們現在所處的位置。

聶魯達說，我承認我歷經滄桑。那是一種詩意的說法，兔子四部曲要在我們中間檢閱的絕對不是這種詩意，甚至，它是一種反詩意，是這些年歲月聚累的世故和冷淡。比如我自己，二十年前，在我還有很多夢想情感充沛的年代，兔子的逃

台灣版譯為《兔子安息》。其餘三部台版譯名為：《兔子，快跑》、《兔子歸來》、《兔子富了》。

陳村，本名楊遺華，上海作家協會副主席、知名作家。著有《鮮花和》等多部。

跑、歸來和發家對我而言，真的就是發生在帝國主義的他鄉故事，應該沒有人願意和兔子哈利共度一生，也沒有人願意和哈利的那一串女人共度一生；但如今看哈利，看他感慨，「這輩子再也沒有指望和別的什麼人顛鸞倒鳳了，只能和半老徐娘詹妮絲・斯普林格來一次少一次了……」卻覺得其中亦有真情。

厄普代克的同代作家奧茲喜歡兔子系列，上個世紀她說，哈利諷刺了美國，但這個世紀她改口說，兔子是寫給美國的情書。看似有出入的說法，其實說出了厄普代克的世紀變遷。噉，讓我們向自己承認吧，我們已經變得和哈利一樣，甚至還不如哈利，我們的油也早就用完，我們自己的死亡，比哈利頭上的那架飛機，有更大的陰影。說得簡單點，哈利身上那種消極無害的精神，經過我們積極有害的詮釋，已經變成這個世紀的通病，當然，我們比哈利更無望，我們連出逃的機會都沒有，甚至連出逃的機會都不要。

陳村說，年輕的時候，在個人的閱讀史裡，埋伏下兔子四部曲是一件好事，這好事在今天更是有立刻就做的必要。起碼，在我們的中產階級醞釀和形成過程中，兔子是一種警惕；如果不是警惕，它至少是一種提醒；如果連提醒都不是，那起碼是一種追憶。而當我們傷感地需要從兔子身上追憶似水流年時，我們可以毫不打折地告訴自己：其實，我們已經完蛋了。

問同學平時喜歡讀什麼？很多人說，《讀者文摘》。常常我就用大寶的廣告詞勸他們：「嘿，咱也用點貴的啊！」但他們對普魯斯特們聳聳肩，繼續看《讀者文摘》。不過，有一次，一個同學反問我，老師從來不看《讀者文摘》嗎？

我被問住了。《讀者文摘》也是我的青春讀物。誠實地說，我的青春期心理建設和道德建設與其說是《青少年修養》的結果，毋寧說是《讀者文摘》的後果，而且，自大地說，這個後果還不算壞，雖然這個後果至今讓我對流行音樂缺乏抵抗力，容易被溫馨的煽情的東西俘虜住，然而，打開天窗說亮話，幅員遼闊人口眾多的中國，民間社會的道德和美學教育，到底是精英的功勞大，還是《讀者文摘》的功夫深？

之後我再沒有用嘲諷的口氣說《讀者文摘》，當然，我也不再看現在的《讀者文摘》，因為青春不適合回頭走。不過與此同時，我開始只對感情克制甚至是感情退場的作品感興趣，我覺得這樣挺酷，課堂裡，碰到同學在催淚彈的橋段裡無法自拔，我憑著自以為是的美學落差開導他們：「保持距離！」

《包法利夫人》中，庸常的查理娶了美麗的愛瑪，他神魂顛倒，從此，「宇宙在他，不超過她的紡綢襯裙的幅員，」資治通鑑，襯裙以外的幅員才是世界真諦，「超越襯裙」，這是我以前讀《包法利夫人》的體會，我也這樣理解福樓拜的態度。真的好像很後現代，人間有悲歡，但只要保持資產階級的審慎態度，就能免疫於廉價的同情和鼓掌。靠著這種態度，我心平氣和地度過了二十一世紀的頭幾年，否則，光憑著《讀者文摘》的啟發，我也應該像《小婦人》中的貝絲，獻身周遭世界的種種困頓，當然，也可能早就像一個半世紀前的主角，罹患了多次猩紅熱；再否則，在一腔柔情的驅使下，像〈百合花〉裡的新媳婦那樣，把撒滿白色百合花的新被子獻給完全不相識的人……

可是，就像福樓拜的母親譴責福樓拜說的，「你的心早已枯死在對文字的狂熱執著裡！」對於我們，枯死我們的不光是日日夜夜無休無止的災難，早在這些災難發生前，我們已經把自己武裝好了，以現代或後現代的名義，早早地把自己護送到距離合適的壕溝裡，然後在壕溝裡呼喊一些口號，叫嚷一些主義，良心獲得安慰，臨睡前還能滿意地想一下：具體工作，當然會有具體的人來做。

大陸作家茹志鵑的短篇小說。

其實，身邊一直有朋友在做具體的工作，甚至我自己，也以感動自己的方式做過一些小事，但我從來不願跟被救助的對象見面，甚至電話都怕打一個，我很怕和他們發生情感牽扯，說得赤裸些，我吝於付出感情，尤其當他們說感謝的時候，我覺得狼狽不堪，因為在我內心，其實匱乏熱烈的東西。這都是真的。但更真實的是，身邊就有這樣一個年輕的朋友，不僅付出自己有限的財力，更難得的是，付出了自己全身心的愛；而更更難得的是，她一邊付出，一邊很快樂。是真的快樂。就是我青少年時候，在《讀者文摘》上會讀到的那種快樂，因為幫助別人，覺得路邊的柳樹亦是讚美；因為幫助別人，覺得山河歲月皆能欣欣向榮。

感謝生活，因為這個年輕的朋友，周圍突然多了一支快樂的游擊隊，他們在各大高校的BBS發帖，在很多入口網站的救助論壇呼籲，「萬水千山，讓愛奔跑」「愛的接力棒」，每次看到這些標題，久違了的熱情湧上心頭，常常，我就想起雨果的詩：你沒有那麼多的死灰能撲滅我的靈火，你沒有那麼深的遺忘能吞沒我的愛情！而走在回家的路上，我發現自己在唱〈野百合也有春天〉：別忘了山谷裡寂寞的角落裡，野百合也有春天。

沒有人看見野百合生長，也沒有人看見歷史。我們的小小游擊隊能夠做的，可能就是在向天空發出信號彈的時候，發現自己也通身透亮，並且因這透亮而重新喚回一個烈火青春，而我想，藉著這最後一次的青春期，我們終於可以重新整理身心，讓天空大地重新檢閱我們，看啊，世界不能更美好，但惡劣的氣候不能迫使我們熄火。

野百合也有春天，這是我們的暗號，也是目標。

怎麼回事？

潘帕譯了《芒果街上的小屋》，我就成了他的粉絲，所以，拿起《最初的愛情，最後的儀式》，一大半倒是因為潘帕，他的譯筆表達了：青春。早洩。靈感。普遍。暴烈。溫柔。夢幻。深淵。

呵呵，你一定發現了，這些辭彙，不就是《最初的愛情，最後的儀式》的關鍵字嗎！可是，讓我再堅持一下，這八個短篇也可以說是潘帕的故事，因為首先，麥克尤恩（Ian McEwan）的這個處女短篇集，還沒有形成《贖罪》那種後英國風格，倒是譯者的風格比作者的口吻更統一；其次，八個短篇，全部是從青少年的男性視角出發，幾乎是每一個少男都會作的夢，溫柔也好，恐怖也好，可以和所有人的處男時代對話，要是允許想像，潘帕的青春期也可以這樣瘋魔又傷感。

這麼說，既不是要讚美譯者，也不是要奚落作者，我想說的是，看完這八個短篇，最大的感受是，青春，與其說是一種題材，不如說是一種體裁。在這個體裁裡，誘姦顯出了天真，亂倫包藏了歡樂，殺人展示了才華，性愛混雜了幽默，就像韓波的詩歌把奧菲莉婭的死調撥得傳說般夢幻。如此，青春期的哥哥準備向十歲的妹妹下手，他用唱歌的調子叫，「我來抓你了，」我們便無力對走到犯罪邊緣的男孩叫「住手」，就像小說題目〈家庭製造〉所表達的，亂倫好像是家事。同樣的，我們知道有一個九歲的小女孩死了，肇事的年輕人在小說一開頭就出場了，呵呵，年輕的麥克尤恩真是有野心的，他強迫我們認同他的藝高人膽大，他甚至沒給凶手一副好容貌，但是，這個沒下巴的年輕人離罪越近，卻越讓讀者寬恕他，不憑什麼，青春體裁說了算：以「蝴蝶」的名義犯的罪，就交給「蝴蝶」來懲罰。

青春「性」「情」是麥克尤恩這部集子的全部，在這個虛構世界，怪力亂神的一面解釋了史蒂芬·金的恐怖，臥虎藏龍的腔調卻是對亨利·米勒的調戲，其中，我們也能一目了然地追蹤出他的二十歲讀物，包括一個自卑的卡夫卡，一個希區考克狀態的佛洛伊德，以及一個溫柔甜蜜頹喪又變態的托馬斯·曼。不過，這個體裁也決定了二十七歲的麥克尤恩還無力於自我塑造，他在兩極間奔走，既鍾情於最初的愛情，又迷戀最後的儀式，而龐大的介於最初和最後的「中年期」，這個作為另一種體裁的「中年期」，還要等待另一個二十七年。比如說吧，八個短篇中，最有想像力的是第一篇〈立體幾何〉。一對夫妻，男人生活在過去時，女人生活在將來時，男人玩福馬林浸泡的陽具，女人一個人散冗長的步，好不容易，沒有激情的人也碰到了性感時刻，「眼下樹很美，橡樹、榆樹……過了人行橋大概一英里有兩棵山毛櫸，你該看看去……」就在女人幸福的低語中，他們做愛，但男人的心中只有自己的幾何式，他拉著她的腿穿過臂環，女人的身體就像襪子一樣翻捲過來。最後的結尾是超現實也是現實，是白描也是恐怖，男人把女人以幾何的方式摺疊到消失，徹底消失，深藍色的床單上只剩下她追問的回聲，「怎麼回事？」

怎麼回事，作為英國文學的保守愛好者，我也想問麥克尤恩，你真的喜歡史蒂芬．金嗎？事實上，差不多有很長一段時間，我一直對麥克尤恩的地位有懷疑，比如說他這部成名作，透著歐洲大陸和美國文學的時髦痕跡，反而牢牢地壓抑了母國中最細膩激情的那一支血脈，比如維吉妮亞．吳爾芙代表的傳統。還比如，《贖罪》裡有些句子簡直是煽情到死，男人回首青春，怎麼可以這麼溺人？

不過，看完這八個短篇，回思他後來的《阿姆斯特丹》、《卻西爾海灘》，麥克尤恩脫去他的青春T恤，我們才真正感到一個國家的文學傳統可以多麼強悍，這不，當年那個要反出英國傳統的「恐怖伊恩」最後不是乖乖地抒情地回到了奧斯汀身邊，他老鳥回巢，雖然嘴裡談的還是索爾貝婁，但史蒂芬．金這些影子都進了字紙簍。

現在，他白襯衫，休閒褲，臉上是大英帝國的落日餘暉，這百分百的英國儀式讓他自己感動，想到「那年我十二歲」這個處子句式，對自己的處女作湧起很多柔情。當然，作為最壞的讀者，對於成熟了的麥克尤恩，我們可以拿著他的《最後》再次反戈：你青春期的酷烈去了哪裡？

一部平庸的作品可以有多好

這是從《貨幣戰爭》中看到的故事。

話說一八一五年六月十八日，在比利時布魯塞爾的滑鐵盧，拿破崙和威靈頓兩支大軍生死決鬥。到傍晚時分，拿破崙敗局已定。有人策馬飛奔，跳上快船，渡過風高浪急的英吉利海峽，於凌晨到達英國岸邊，那裡有一個富豪親自等待著他。富豪得知了拿破崙戰敗的消息後，策馬飛向倫敦的股票交易所。

交易所裡，所有人正在等待著戰報。如果英國戰敗，英國的公債將跌入谷底，反之，它將衝上雲霄。富豪進來後，向他的小嘍囉們使了個眼色，他們蜂擁而上，拋售公債。所有人猛省，這富豪知道英國戰敗的消息了，紛紛跟著拋掉公債。

然後，富豪又向小嘍囉們使了個眼色，他們又蜂擁而上，購進每一張公債。

結果，這富豪狠狠地賺了一把。

這富豪就是內森．羅斯切爾德。

一個朋友說，這故事太誇張了，他不願意相信，甚至希望《貨幣戰爭》所講的全都是編造。但我願意相信，這比較像我從小受的教育，壞人就是壞，富豪就是奸，至於交易所嘛，那當然是黑咕隆咚的地方，是狄更斯小說中，那些身披黑斗篷，雙手冰冷的人出沒的地方。在一個越來越講究複雜講究多元講究論證的社會，我寧願這就是世界的真相。或者說，相比那些看上去前因後果邏輯嚴密的政治經濟分析，我更喜歡「傾城之戀」的說法，雖然後者常常有無厘頭傾向，而前者總是牛逼總是學院派總是不容置疑。

但是，讓我們接下來看看，學院派可以多麼平庸，而無厘頭可以多麼有生命力。

《謠言：世界最古老的傳媒》屬於那種人人都會拿起來翻看一下的書，而像我這種又信謠又傳謠的好事之徒，看到這樣的題目，自然要在第一時間拜讀，所謂資謠通鑑，再接再厲。

然而怎麼描述這本書好呢？這像是一本患有精神分裂症的論著。

讀完《謠言》，我找了些相關評介看。一般介紹都說，「這是傳播學領域裡的一本名著，在對公共輿論的探討上有重要的地位。作者經過數千次電話調查，搜集了無數各種各樣的謠言，闡明了人們只有掌握謠言的規律，才能找出控制它或者反擊它的辦法。」看上去，作者似乎是運用了「年鑑學派」的研究方法，縷析了謠言的各種路徑，包括分析謠言在明星生活、金融、政治和商業中的種種作為，表明「謠言史」也是社會的總體史。但是，請注意作者的身分：讓－諾埃爾·卡普費雷，法國巴黎高等商學院營銷學教授。

不知道是因為「營銷學」令人過敏，還是我的中國常識讓我對「營銷」很是狐疑，我上網查看了卡教授的另外一些著述，發現他是品牌營銷的專家，嘿嘿，怪不得卡教授的書名這麼有品牌意識！不過，如果用毛姆寫《巨匠與傑作》的方法，從斯湯達爾身上看到一個認真的花花公子，從福樓拜身上看到一個無恥的花花公子，在托爾斯泰身上發現梅毒，在艾蜜莉身上驗證同性戀，那麼，卡教授絕對是佛洛伊德式閱讀的一個範例。也就是說，光從語義學角度看，卡教授對謠言的興趣和他戰勝謠言的興趣是有一些錯位的。

首先，闔上《謠言》，讓我感到謠言的魅力，而不是闢謠的動力；其次，全書給人最深印象的，是那些謠言故事，而不是謠言分析；再次，在所有的謠言故事

一部平庸的作品可以有多好

台灣譯為《世界十大小說家及其代表作》。

中，是那些帶有情色意涵的謠言最有價值，幾乎是一篇篇小小說，無論是內容和形式都堪比瑞蒙·卡佛的小說，甚至有福樓拜的意思。

第十二章裡講了這樣一個謠言故事：一個小城，一戶叫貝納爾的人家，一家之主萊昂晚年娶了一個年輕寡婦瑪麗。然後大戰爆發，德軍入城。一九四一年的一天，瑪麗偶遇一個與她年齡相仿的女子路易絲，一來二去，路易絲就在瑪麗家住了下來。終於，戰爭結束，萊昂接收了一個十九歲的德國戰俘，當然，兩個女人都歡喜這個年輕戰俘。有一天，萊昂帶兩個女人去一個農莊，午後，他感到不舒服，三天後，一命嗚呼。醫生診斷正常死亡。但他死後，路易絲就離開了他們家。謠言是路易絲講的，說瑪麗毒死了自己丈夫。然後，謠言進一步擴大，瑪麗據說先後毒死過十一個人，而且謠言後來成了法庭證據，讓瑪麗在監獄裡待了五年，而謠言澄清則在十二年以後。

但卡教授是如何分析這個故事的呢？就一個解釋：這是延遲的報復，因為傳謠者嫉妒謠言主角。謠言用了四頁，分析謠言一頁，不禁讓人疑惑，卡教授到底是要傳謠，還是要解謠？不過，話說回來，我倒是非常喜歡這種四比一的格局，因為就我個人而言，這雖然是一本傳媒研究的名著，但是構成我閱讀動力的始終是散落在書中的那些謠言故事。

也是在這個意義上，當我讀完最後一個謠言故事後，突然想起臧棣的一篇名文，題目是〈一首偉大的詩可以有多短〉，我覺得這本識見平平的論著很適合用這種格式總結：一部平庸的作品可以有多好。

天地良心，全書二十一章，除了個別段落讓我看到卡教授的真心，也就是他對謠言的由衷熱情，書中的觀點和解釋都極為平庸。比如在評介謠言傳播過程中的「知識分子角色」，理論上這應該是知識分子卡教授最駕輕就熟的篇章，因為能夠感同身受，但是他卻使用了相當謠言化的說法：「知識分子總是擔當著抵制謠言的角色。」當然，卡教授書中使用的「知識分子」概念，絕對不是薩伊德意義上的「知識分子」。雖然，在後面的謠言故事中，卡教授又列舉了知識分子的盲目信謠，但他的疑問是，「何以一些富有教養和理智的人竟會相信這種謠言？」

聽到這樣的問題，我相信寶爺沈爺一定笑了。謠言，如果不是知識分子的天職，那也是知識分子的副業！金融謠言、政治謠言這樣的高智商謠言且不去說它，比如我們在《貨幣戰爭》中常常可以讀到的故事；就算是關於明星的那些離奇消息，比如，詹姆斯·狄恩用過的那輛保時捷，在狄恩死後又讓好幾個人送了命，如果沒有小說寫手編織絲絲入扣的細節，沒有汽車機械師添加關鍵的專業術語，怎麼可能歷久彌新？

一部平庸的作品可以有多好

沈宏非，上海知名作家、食評作家，資深電視製作人、主持人。著作有《寫食主義》等多部。

而且，卡教授用數千次電話調查得來的謠言，看上去都有知識分子的參與。一來，知識分子喜歡造大謠言，二來，知識分子的想像力比較有限，三來，知識分子的謠言都比較理性化新聞化。而事實上，也只有這樣的知識分子式謠言，才能被卡教授輕易地分門別類論述，不僅能統計，還能列表格。去民間采采風，去那些不能用電話調查的地方看看，謠言如果不像天方夜譚那麼豐富，那就不叫民間。所以，對於這門世界上最古老的傳媒，我對卡教授研究的最大不滿來自他的營銷學背景，因為在營銷學家的視野裡，有用才是對象。但是，不光民間，就說知識分子，很多時候傳謠信謠，那是只問耕耘不問結果。寶爺沈爺，十年如一日地在謠言領域貢獻青春，請問卡教授，他們又是為的哪般？

其實，《謠言》中，因為卡教授的潛在心理狀態，明裡暗裡多少都讚美了謠言，而且，在書的最後幾章，他也似乎提出了一個在他本人看來振聾發聵的見解，即謠言常常具有正面力量。不過，這個費勁推演出來的結論，對於每一個中國人來說，卻是常識，因為，諸如三聚氰胺的消息最初都是通過謠言的方式傳播的。

那麼，是不是我們就可以不用讀《謠言》了？我還是強烈推薦大家讀一下，不為卡教授的高論，為書中的謠言，就當二十年歐美風情錄看，當後現代小說看，而一旦視角轉換，你就會發現，這還真是本好書。作為小說，它一點都不玩弄玄虛，提供的時間地點人物全部真實，甚至，被認為是謠言的事件，也有一半的機率是真的！至於卡教授提供的煞有介事的分析，幾乎就是電影「粉紅豹系列」中的探長觀察，他的出現總是讓觀眾產生一點點優越感，嘿，這還用說！

而我的確真心喜歡這本書，有時候，它甚至勾起我鄉愁似的東西。對啊，我們小時候，也傳說過彗星馬上要和木星相撞，乖乖，到時候地球就會升溫一百度，而我們在教室裡說，一千度一萬度也有可能啊！回家跟外婆說，外婆就給每個水缸都注滿井水，當時情景，回想起來很有些《百年孤寂》的氣氛。還有一次，說學校給我們打的防疫針不是真的防天花疫苗，而是打了以後長大不能生孩子，以此達到國家計劃生育的目的。我現在還記得，我們教導主任在學校大門口親自寫了一段話，告訴我們不要相信「斷子絕孫針」的說法，但我記得我們後來排隊去打針的時候多少有些視「絕」如歸的感覺。

想起來有些恍惚，如果我們的童年沒有這些謠言，會多麼無聊！那時，傳說過中日擂台大比武，我方舉手之間拿下的日本浪人讓我們多麼歡欣鼓舞！還有一些謠言是關於台灣特務的，狗特務在我們的水井裡投毒，被我一人民女警察識破，自然，中間有些色情場面，諸如在女警察的襯衫即將被撕開的剎那，男特務被自己的毒藥嗆住……

台灣譯為「頑皮豹」。

但現在不太有這樣的故事了，網路時代，謠言已經失去當年的純真面目，所以，我喜歡《謠言》鉤沉出的一些童年往事，我也喜歡寶爺講的一個沈爺故事：沈爺從小上的教會學校，有一天老師問他們，你們想知道第一個人是怎麼來的嗎？沈爺當時舉手說，老師，我想知道第三個人是怎麼來的。

沈爺後來就被教會學校開除了，但當時他是天真的，年幼的他是被老師的憤怒所污染的，就像《謠言》這本書，如果卡教授不是要做學問，他本可以寫本現代《一千零一夜》。

不過，關於《謠言》最為可取的一點是，當作者發現自己沒有能力用理論整合自己的精神分裂時，他保留了這種分裂的傾向，而不是粉刷它。

輯三 不會就這樣過去

老頭兒開會

因為陳子善老師在師大，所以，常常有老頭兒開會的場面。前一段的東方蝃蝀作品討論會，上海灘難得一見的幾個世襲老克臘傾巢而出，他們排排坐，搶麥克風，一個說當年party，一個補充party裡的女主角，另一個冷冷道：儂膽子小得來，舞也不敢請人家跳。

我們就在下面笑，老頭兒互相調侃，舊時光嘩啦解凍，當年醉紅顏，今朝憶青澀，哪裡還有什麼顧忌，老頭兒說話比誰都生猛，所以，前兩天，黃裳作品討論會，一向坐主席台的官人們紛紛靠邊坐，這邊角落是頭文字「總」的總裁、總編和總管，那邊靠門的是一溜「長」結尾的局長、處長和科長，今天沒他們說話的份兒，因為一線坐著邵燕祥、王充閭、鄭重、黃宗江、李濟生、謝蔚明，年紀一個比一個大，聲音一個比一個響，那話兒，也一個比一個長。

黃宗江先生開門第一句話就是，今天在座還有比我更老的老頭，然後，忙不迭地抖料，當年容鼎昌跟我說，唱戲得有個藝名，於是他幫我起名「黃裳」，可我覺得這個名字太過華麗，覺得還是父親給的名字好，就沒用。沒想到，容鼎昌馬上將「黃裳」收作自己的筆名，一用六十年。

「克臘」語源來自colour或class，常指某一類風流人物。

本來，我猜黃宗江先生的意思是想一次性終結「黃裳豔說」，可是，比他更老的老頭、還有四個月就九十歲的謝蔚明先生才不管，搶過話頭，「黃裳」分明是「黃宗英的衣裳」，怎麼成了你黃宗江的衣裳？我們台下坐的，多是輩人，也都願意相信那是黃裳一片冰心在筆名，再說了，錢鍾書贈送的對聯「遍求善本癡婆子，難得佳人甜姐兒」，當事人黃裳也沒反對啊。

看老先生鬥嘴實乃人生樂事，嘿，這麼大年紀的人了，說話比我們還孩子氣。可是，真要覺得那是孩子氣，就錯了。聽聽老頑童黃永玉說了什麼？永玉先生人是沒到，但寫了文章來，一開頭就說：「黃裳生於一九一九年，這是開不得玩笑的時代，意識和過日子的方式全世界都在認真的估價，『生和死，這真是個問題！』哈姆雷特這樣說：『剝削和被剝削的』，十月革命這樣說。黃裳比共產黨年長兩歲，他是奉陪著共產黨一直活到今天的。」

聽這些老頭兒說話，一個我從來沒有見過面的老頭兒活靈活現了，「曾經滄海難為水」，它既可以解釋對甜姐兒的癡情，也可以解釋他當右派時候，一聲求饒都沒有的苦熬。永玉先生說，「從歷史角度看，哭的時間往往比笑的時間充裕，」所以，我們今天知道的黃裳先生是「大庭廣眾酒筵面前也幾乎是個打坐的老僧」。

老僧沒有來開會。他說，今天是公審我，我來做什麼。公審狀一籮筐，我聽下來，結論有二：黃裳的散文是中國文化的結晶，就像托爾斯泰稱讚契訶夫文章說的「既美麗又有用」；黃裳本人是神，想想看，五十年前他不僅開過美軍吉普車，居然還是坦克教練！這樣的人寫出來的文章，定是有一說一，不隨時風飄搖，而且可以做到五十年不動搖。

有一說一的例子很多，隨便翻翻六大卷的《黃裳文集》，俯拾皆是，譬如黃裳的朋友錢鍾書批評周作人《中國新文學的源流》不該漏掉張大復，黃裳認為，周作人回應錢「不應將大米白麵與不知何瓜之子的蘇式零食混同看待」不失為清醒的見解。由此可見黃裳先生的書生意氣，這樣的脾氣要「識大體不作聲」也難。也正因為如此，我們今天才看到了一個幾十年自凌辱、迫害的深淵從容步出的，原本有著快樂坦蕩天性的山東人筆下的文化排場。

說這個排場五十年不動搖，證據就是趕在這次會前剛剛出版的《插圖的故事》。這本書的序，寫於一九五七年八月十二日。當時「編校甫定」，「罡風忽起」，書稿「從此壓在箱底」。二〇〇六年五月十二日，黃先生重寫〈千秋絕豔〉作為跋語，此書才得以出版。這恐怕也是中國出版史上壓箱底時間最久的一部書稿了。一放五十年而未改一字，足見其「不動搖」了。

地下室裡的張中行

第一次見張中行先生，是在北京沙灘後街人民教育出版社的地下室裡。那是一九八九的冬天，記憶中北京特別的冷，冰點以下。

那時，張先生已經八十出頭，每星期二換兩部公交車到出版社去，幫著看點稿子，然後就在招待所住兩夜，星期四一早再換兩部車回北大的住處。他在《讀書》上的連載已經引起的讀者的反響，所以推薦我去見他的朋友問我：你想見余永澤嗎？見我沒回過神，又說：就是張中行，不過你見他面可千萬別提余永澤。

我當然是提了，誰熬得住。當時也沒有人告訴我，張先生在「未名四老」或者「燕園三老」裡占著席位；我不學無術，亦不知道他是國學大師，只當他是一位有學問的退休老編輯。再說了，當時年輕，年輕就有放肆的權利，所以，我豎子不可教地問上門去，《青春之歌》寫的就是您吧？他淡然一笑，說，我不會用小說的形式來表達自己的看法，對人生對世事，我會在下一部書裡說清楚。下一部書正在寫，叫作《順生論》，我出了會寄給你。我並沒有真的以為，他會記得把一部還沒寫完的書，寄給我這個第一次見面的年輕人，所以，後來收到他自己包

張中行（1909-2006），為中國知名學者、哲學家、散文家。「余永澤」是張先生前妻楊沫女士的小說《青春之歌》反面主角。張曾與季羨林、金克木並稱「燕園三老」，加上鄧廣銘則稱「未名四老」。

裹自己跑到郵局寄來的《順生論》，我自己倒快忘了當時地下室的談話。

現在，張先生走了，媒體說他是布衣大師，彷彿他不應該是布衣，或者他自己不應該安於做個布衣。看新聞，張先生的葬禮也稱得上隆重，但是，想起好多年前，他在地下室的那種安然自得，覺得還是「老編輯」這個身分適合他，雖然他的學問後來我也深有領教，不過，他那麼深的學問，卻從來不唬人。

我還記得當年和他聊天，問過他一些作文技法之類的問題，張先生舉自己的例子，當年頂頭上司葉聖陶先生對他說：好的文章，你在這屋念，那屋的人聽見了，不以為你是在念文章，而以為你在說話，這就是作文的最高境界。說完，他又是淡然一笑，我想他一定覺得自己是做到了。所以，張先生的學問和他的文章一樣，誰都能看得懂，他只用明白話講人生的道理。他的學問我這裡沒資格談，記得的是他樸素的人生教導，他說，老婆有四種：可意，可過，可忍，不可忍。可意的不多，不可忍的就離了，大多數人介於可過與可忍之間，他自己就是。

後來在報上看到記者採訪他，記者問他《順生論》中提到的「利生」「避死」，何以為善？這與「貪生」「怕死」何異？他的回答很張中行：「如果只有說假話才能活，我就說假話。因為說真話便死了。甚至需要無恥、不要臉才能活，修養到了也可以做。只要良心不虧，要想辦法活著。這不是什麼軟弱，只有小民活好了，這個社會也就安定了。」

張先生的人生大抵也是如此，只要可忍，就可過。將近百年的風雨滄桑，任由嬉笑怒罵，他一直活在自己營造的荒江野老屋中，後來這間屋子庇護了多少天下同道，沒有人知道。所以，我想他的哲學是小民的哲學，至於你要問為什麼？不為什麼。

但是，在這個利己主義大放光芒的時代，突然大力祭奠張中行，我總覺得有點可疑，要知道，他的小民哲學，對抗的是高調大我，而現在，G大調的青春之歌早就沒人唱了，全是小小小民，祭起張先生，到底是什麼意思呢？

張可先生剛走的那段日子，去王元化先生那兒比較多。有一次帶了兩歲的兒子同去，在家裡就把他培訓好，見面要說「爺爺好」，再見要祝「爺爺身體健康」，來回複習三遍敲開了慶餘別墅的門。王先生第一次看見我們孩子，非常高興，還跟孩子行了貼面禮，但孩子死活不肯叫人，當著面說，我不認識這個爺爺。當時我簡直懊惱死了，但王先生卻一點不介意，還拿桌上的小骨董給孩子玩，並且留我們吃了飯，一直叫我們給孩子多吃點肉圓。

所以，雖然常常聽說王先生有疾言厲色的時候，我印象裡的老人卻一直是和藹又親切的。他有很嚴重的神經性皮膚炎困擾，我隨口說了句，我也是神經病，春天也容易發皮膚炎。王先生馬上說，那你跟我一樣毛病，馬上就讓他的助理拿了支藥膏給我，說，你試試。後來，隔了很長時間，我自己也忘了自己的皮膚炎了，王先生卻突然打電話給我，聊了一會，他就給我一個電話號碼，是江西的一個中醫，說是專治皮膚病，賈植芳先生的皮膚病就是他治好的，他說自己也在用他的草藥，效果好，讓我馬上給他打電話。我說好好好，記下號碼也沒打，王先生第二次看見我，就說，電話打了嗎，那醫生怎麼說？

王元化（1920-2008）為中國知名學者、文學評論家、作家。張可為王先生夫人。

賈植芳（1915-2008），中國知名作家、翻譯家、學者。

他看我沒打，就又讓助理拿點藥給我，說，要趁年輕治好它。於是講起他年輕時候，講起他下放勞動，天天挑重擔夜夜冷水澡的時代，講得高興他還講點當年軼事，諸如誰吃不了苦誰想家想到哭，然後王先生就會用非常溫暖的語調講到張可先生。看過王先生張先生結婚照的人，都會被張先生的美震住，我很想聽聽王先生講講他們當年的愛情，但聽來聽去，王先生的個人史似乎也都是大寫的，所以，面對王先生，誰都不會有八卦心態。有一回，我去美國，他讓我帶書給他一位美國朋友。我當時一定是有些輕浮地說了句，是女孩嗎？王先生正色道，一位教授。

常常想，王先生這一代人的感情生活大概對他們自己而言，是比較次要的，所以，他留下了那麼多著作，但卻沒有一本完整的自傳，我們感到遺憾，但王先生一定認為，他是作為思想家留在歷史裡的。

一直以來，王先生客廳裡的話題都是家國大事，他知道我寫點專欄文章，常常也說，《信報》上倒一直看到你的文章。不過只有一次，他表揚了我，就是那篇〈悼三峽〉，他認為是有關懷的文章。而他自己，在瑞金醫院的最後時光裡，還在不斷地發表新的思考成果。最後一次去看他，他已經不願意進食，單靠營養液維持。我跟他說起不久前發表在《文匯報》上的他和林毓生先生的對話，在網上被到處轉載，他就顯出高興的樣子。而當時的他，就算說一個單詞，也需要積聚力氣。在他生命的最後一刻，還給《文匯報》的陸灝打了個電話，詢問他和林毓生先生的第二篇對話。據陸灝說，在這篇未能發表的談話中，講到了毛澤東和魯迅的傳承關係，幾乎可以視為王先生的思想遺囑。

這篇遺囑還沒公開，王先生已經在大地震到來前離開。消息是吳洪森發給我們的，「元化先生剛才去世了」。好像當時沒特別難過，因為心理上大家都準備了很久，但是抬頭看到王先生引魯迅的話寫給我們的字——無論什麼黑暗來防範思想，什麼悲慘來襲擊社會，什麼罪惡來褻瀆人道，人類渴仰完全的潛力，總是踏了這些鐵蒺藜向前進——還是無限黯然。

這個春天走了這麼多人，天堂從人間要走了一個又一個思想者，風風雨雨中，誰能透過一個世紀的滄桑，再次鼓勵我們：「踏了這些鐵蒺藜向前進！」多麼懷念從前，春天的下午，王先生突然來了興致，唱起以前教會學校的校歌，英文歌曲，我聽不明白，他就一句一句解釋；他問我在學校上什麼課，我說莎士比亞，他就非常高興，從《哈姆雷特》說到《李爾王》，講《亨利五世》講《理查三世》，說完柯立芝的觀點說他自己的，讓我不停遺憾他如果能開一門莎學研究會多麼不同；還有許許多多的快樂時光，我們結婚，他來新房坐，坐在靠椅裡，吃

筆名安迪、柳葉，上海知名作家、編輯、藏書家。現為《東方早報・上海書評》主編。著作有讀書隨筆集《東寫西讀》等。

了一身的花生殼，然後說，我比較喜歡吃花生。然後有人小聲嘀咕，最喜歡的，當然是講話嘍。

講話，應該是王先生的最大愛好吧。病床上的他，不斷地積攢力氣，關心這個詢問那個。他說得那麼痛苦，醫生明令，你們說，王先生聽。他沮喪地躺下來，無助如同一個孩子，想起他最看重的尊嚴和自由，想起他從來沒有服從過的命運，令人不得不覺得，最後的時刻來了。

五月九日晚上十點四十分，沒有親朋好友的注視，王先生一個人走了。豹子獨行，這是我們開解自己的話，豹子已無言，而我們可以接著做的是，把自己的那個「人」字寫好。這是他和賈植芳先生都引以為傲的事。

子善老師

剛看完《印刻文學生活誌》上的胡蘭成佚文，又在《文匯讀書周報》讀到許廣平有文出土，如果是央視王小丫的有獎競猜：都是誰幹的？你都不用聽選擇項，只管說：「陳子善！陳子善！」就贏大獎了。

有時候真是懷疑，這些年一批批見天日的珍貴史料，真是魯迅真是張愛玲真是臺靜農很多年前很多年前寫的嗎？為什麼全中國這麼多人，就陳老師一個人看得出來？再說了，隨著陳老師四海播名，他泡圖書館的時間不一定有我們多啊，可憑什麼，我們從故紙堆裡出來，灰頭土臉只惹一身古代塵埃，而他抖抖衣衫，神清氣朗開出了新感覺派的新陣容。說起來，周作人、郁達夫、徐志摩、梁實秋、葉靈鳳、郭建英這些人，沒有一個是他的親戚，可他怎麼就比人家老婆孩子知道的事情還多呢？

然而，就在我們懷疑的當兒，陳老師又給他的博士生整出了一個新題目，東方蝃蝀。你能不服氣嗎？給你一百年，都做不了陳老師一天的事。而他，在愉悅的發現後，還能好整以暇，星星點燈，子善出門，去接見全世界的善男善女。想見陳

許廣平（1898-1968），最為人所知的身分是魯迅的同居人與晚年伴侶。

老師的人真多啊！當然了，以陳老師的隆重身分，完全可以擺pose，但是，陳老師動用過他一絲一毫的傲慢嗎？他總是好好好，好好好，平易得令我們做學生的都覺得恐怖，擔心他會答應去出演《張愛玲傳》中的一個小配角。不是開玩笑的，當年，拍攝郁達夫文學小傳，那著名的背影不就來自於我們敬愛的陳老師！

這樣平易的教授這樣世故的年頭真是不多了，他會坐在學生的自行車後座上，飛車黨一樣掠過校園，兩隻長腳拖地而行，他只管緊緊保住胸前的一大包書。他愛書太凶猛，顯得他的愛情生活似乎乏善可陳，但是，有很長一段時間，他穿一粉紅襯衣，肩挎一民俗布包，穿過黃昏的校園，去聽一女郎拉小提琴，這故事到底有沒有結尾，陳老師說，十年後告訴我們。不過，感傷憂鬱的形象似乎不適合我們的陳老師，他是永遠童心燦爛，永遠性情開朗。在倫敦，他和柳葉一起逛書店，用著超高的分貝問，色情書放在哪裡？柳葉公子花容失色，他卻不以為然，洋鬼子，聽不懂中文的。其實，就算在新華書店，他這樣問，我們做學生的也不會驚奇，同樣的事情，在他做來，是無邪，旁人要仿傚，就邪了，因為，他是一個有單位的唐·吉訶德。

一年又一年，這個唐·吉訶德，為現代文學帶來的生機和希望不是我們看得出來的，我們看得出來的是，他一年比一年苗條，如果身體這個字首沒有被糟蹋的

即作家陸灝。

話，他從事的是真正的身體寫作。好多年了，左的研究也好，右的考辨也好，中間態的故事等等，都鐫刻了陳子善這個名字，而享受了他研究成果的人，真正心存感激的，可能並不那麼多，但是，他不要別人的答謝，他的快樂就像白先勇弄崑曲，年年歲歲偏向故紙尋青春，歲歲年年直把青春獻文學。

真是應該感激生活，陳老師和我們住在一個城市，國際學術會議上，有他坐在那裡，就有了在地性；飯桌上，他頻頻接通的手機，卻是全球性的證明；他在這個世界晃蕩的身影，像Dandy，簡單裡有格調，放肆裡有莊嚴，只是，他的天然職業不是愛情，是文學，他是為這個文學接近零度的時代準備的，提示我們古典和現代還有著互相的出路。

花花公子之意。李歐梵《上海摩登》裡寫到，（一九三〇年代知名作家、電影人）劉吶鷗這些人就像Dandy。

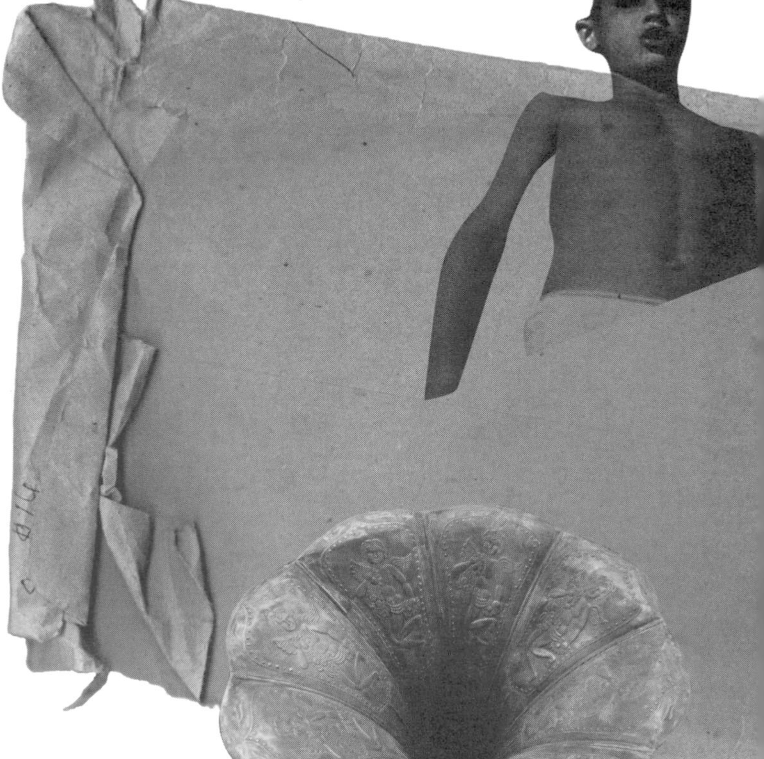

飯桌上，羅崗這樣描述最可怕的人生：你在師大出生，你爸是師大的，你媽也是師大的，你們住在師大宿舍，你跟對門小姑娘青梅竹馬長大，她媽是師大的，她爹也是師大的。你和小姑娘先在師大附幼，然後師大附小，然後師大附中，然後師大，一路同學上來，畢業以後雙雙留在師大。你們結婚，你們生孩子，孩子繼續，師大附幼，附小，附中……

可吳曉東淡淡一笑，他不這麼看。《漫讀經典》中，他用「生於船，長於船，死於船」解釋了傳奇。多納托爾的影片《海上鋼琴師》，他拿來和卡爾維諾的小說《樹上的男爵》對讀，「男爵和一九〇〇（皆人物名）以卓爾不群的姿態守住了自己的邊界，也就創造了屬於自己的獨一無二的世界，創造了一種在限制中窮極可能性的生活，最終也守住了自己的傳奇的疆域。他們遵循的是另一種邏輯，一種以有限去叩問無限的邏輯，他們窮極的正是限制中的可能。」

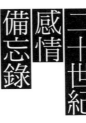

以有限叩問無限，幾乎就是曉東的姿態。十年前，我們在一次山西之行中認識，羅崗用「北大著名男生」介紹他，他眼神溫暖溫文爾雅，一桌女生多少都有些

「恨不相逢未剃時」的感覺，所以大家使勁說話，小時候那樣，為了引起別人注意，結果表現出了瘋癲。但曉東只是微笑，以不變應萬變，沒見他說過他媽的，沒見他笑到頭髮亂，在一個熙熙攘攘的時代，他沒有一分鐘失態，也一分鐘不曾苟且。文學教育越來越貧血，學術規範越來越教條，他卻一直道成肉身，堅持以三十七度的體溫教書、寫作、生活，不狂熱，也永不冷卻。

事實上，正是在曉東身上，我第一次意識到，狂熱或者說狂愛，並不是文學研究者的DNA，換句話說，敏感和沉潛才是激情的最佳賦形。

「敏感又沉潛」，這是曉東對青年卡繆的概括，後來，「敏感」被他用來描繪過張愛玲，「沉潛」被他用來形容過「S會館時期的魯迅」，我覺得這也準確地概括了曉東本人。讀《漫讀經典》，很多次，我為他無與倫比的詩學解讀能力所傾倒，而這種能力使這本書的寫作，遙遙地越出了批評範疇，成為創作，成為激情的隱祕表達。

〈陽光．苦難．激情〉是曉東的一篇早期文章，我記不清自己在各種場合多少次的讀過它，因為他文中引到的茨維塔耶娃的著名獨白，「我生活中一切我都喜愛，並且是以永別而不是相會，是以決裂而不是結合來愛的。」我看了茨和有關茨的很多文章和書，終於在茨的傳記中重新看到這句話，卻反而不那麼激動。後來我明白，這些引文經過曉東的再敘述，恰似春雨樓頭尺八簫，不必再問櫻花橋。

所以，拿起《漫讀經典》，你可以先把書中的引文看一遍，它們就像加密的線索，勾勒了曉東的抒情地圖，說得更準確些，這是一張代表性的抒情地圖，一半是二十世紀外國文學的中國閱讀，一半是二十世紀中國文學的大陸閱讀，合在一起，它顯示出一個中國文學研究者的激情和抱負：二十世紀感情備忘錄。

同時，這個備忘錄，因為其鮮明的中國胎記，也可以被視為吳曉東對中國感性世界的詩學整理。書中，無論是卡夫卡的寓言，波赫士的想像，還是福克納的時間、昆德拉的存在，都在指向這些作家的中國旅程。而且有意思的是，異域十篇和本土十篇有著幾乎是精心策劃的對稱性，比如，一九九〇年八月，他寫下了〈失落者的歌唱〉，討論了蕭乾的激情，隔了四個月，他描繪了卡繆的激情；二〇〇四年三月，他完成〈尺八的故事〉，追蹤了卞之琳的文化鄉愁，五月，他寫下〈二十世紀最後的傳奇〉，深化了同一個主題，用他的引文來表達：「彷彿可以從草地上悟出長久以來在內心折磨著他的那個東西：對於遠方的思念、空虛感、期待，這些思想本身可以延綿不斷，比生命更長久。」

從二十世紀到廿一世紀，很多人事變遷，但曉東一直在北大。這些年，也只在大大小小的一些會議中和曉東碰面，好像總在告別。那年山西會議，我們一幫上海去的打道回府，曉東因為比我們晚走，一個人來送我們一幫人，買了很多吃的喝的，我們在剪票口和他揮手，想起一句話，「這樣的成員從來也不會很多，但總是至少有一個存在於某處，而這樣的人有一個也就夠了。」

因為有這樣的一個人，文學始終是我們最初和最後的愛。

兩個作家

兩個作家走進餐廳，要了飲料之後，便各自拿出漢堡吃了起來。老闆見狀趕緊過來勸阻道：「對不起，這裡不允許顧客吃自己帶的食物。」「為什麼？」兩人齊聲問。「這是我們這兒的規定。」作家無可奈何地相對聳了聳肩，說：「那好吧，就按你們這兒的規矩辦。」於是很不情願地交換了手中的漢堡，接著吃。

如果不是其中的一個作家嫌自己交換得來的漢堡太小了，那這就是一個笑話，不過，現在笑話演變成官司了。受了委屈的一方認為，自己給出去的漢堡大，而得到的小，況且對手是身兼中國作家協會副主席、上海作家協會副主席、上海社會科學院文學研究所所長、上海大學文學院院長等多職的社會名流。

各大報紙已經把「平民作家段平起訴官家作家葉辛抄襲案」炒得沸沸揚揚，現在雙方都在叫冤，葉辛覺得有人幫我埋了單，那當然可以抄；段平覺得你抄了我也就罷了，可是我怎麼不在分紅名單上？再討論下去，就是社會達貴欺壓底層弱者，就是自主創新退化，就是中國作家的整體沉淪，大大小小相關無關的話題都會糾集到這場官司的名下，演變成一場老百姓喜聞樂見的社會群架。

恩格斯曾在一封私人通信中說過這樣的話，「我們視之為社會歷史的決定性基礎的經濟關係，是指一定社會的人們生產生活資料和彼此交換產品的方式。」

毫無疑問，葉辛和段平之間的決定性的問題就在於彼此的產品交換方式出了問題，葉副主席仗著自己名氣大，「參閱」「引用」點你的資料是看得起你，但是葉副主席顯然還是蹉跎歲月的思維，這是什麼年代啊！恩格斯不是接著說了嗎，「在這些現實關係中，經濟關係不管受到其他關係——政治的和意識形態的——多大影響，歸根到柢還是具有決定意義的，它構成一條貫穿始終的、唯一有助於理解的紅線。」

說到底，就看葉辛賠多少錢了。有個富商打算出兩千元，讓一良家少女陪他一夜，理所當然地挨了耳光；當他加到兩萬時，遭到了少女的嚴詞拒絕；他出二十萬時，少女委婉地表示，他看錯了人；等他出到二百萬時，偉大的愛情瞬間產生了。

的確，恩格斯的紅線從不落空，兩個作家的官司高開低走，始於八十萬而終於九萬，廣大人民似乎也接受了這樣的邏輯，抄襲作假其實也沒什麼大不了，運氣不好被捉住，賠點錢唄。這種事情，現在流行著呢。眼下，理論上最聖潔的地方——各大高等院校，為了迎接教育部的評審，正試圖total recall呢！

真的，這回算是開眼界了。以往教育部檢查，教室擦擦門窗，廁所噴噴香水，做學生的還有甜頭，享受食堂人員的燦爛笑容，公共浴室的水溫也恰到好處，掉了石灰的寢室立馬得到整容，可這次神奇了，教工被要求重審過去若干年的考卷，重新給死去的成績單算平均分，重新給畢業多年的學生出AB卷……

太陽底下，代表時代良心的教師們蝗蟲一樣地趴在課桌上，如果說這是一群精神病人，我完全同意，因為他們百分百符合精神病人的行為準則：狂熱地重複同一個動作，一個虛妄的動作。

不會就這樣過去

汪暉、黃平編了十一年《讀書》，終於還是被陽謀了免去主編。聽說三聯領導去《讀書》編輯部宣布決議時，遭到了絕大多數編輯的抵制，消息從北京傳到上海的時候，恰有颱風過境，但就像所有的颱風，《讀書》風波在媒體上走過一輪之後，好像要過去了。接下來，就該三聯大鳴大放地慶祝「生活書店」成立七十五周年，到那時，三聯會有很多機會抹平《讀書》換帥引來的負面效應。

但是，事情不會就這樣過去。風雨十年，《讀書》早就不僅是一本刊物，在無聲的中國，它拒絕做太監，也拒絕興奮劑。所以，這些年的《讀書》的確不是那麼好看，不是夢之隊沒有金瓶梅，不夠肉身不夠平民，但是，全球化和亞洲問題可以用夢幻的語氣說嗎？二十世紀的戰爭與革命能用蒙太奇排演？金融危機三農危機醫療改革社保問題，能整得眼神迷離如泣如訴？前頭有恐怖主義，後面有生態危機，誰這個時候哭泣，誰就永遠哭泣，《讀書》幾乎連唱《國際歌》的時間都沒有，二十世紀已經終結，如何把大轉變前的

三農：為農業、農村、農民三者的簡稱。

成果和教訓搶救出來？

這些年，《讀書》奔波在國際問題和中國困境的第一線，我承認，我個人的閱讀史跟不上《讀書》，我買《讀書》，但常常看不完，但是，我想我們前後幾代人，都會僅僅因為《讀書》的存在而獲得形而上力量，就像少年時代貼在教室牆上的魯迅，成為我們整個青春期背後的目光。

事情不會就這樣過去。如果新自由主義還沒有全面凱歌，如果「新左派運動」還是中國社會的一種威懾力，如果社會主義依然是一種理想，那麼，用一個被糟蹋了的詞，汪暉、黃平就代表著這個時代最熱烈的「中國心」，而接下來我們就要問，三聯對《讀書》的收編，到底安的什麼心？

道路還非常漫長，年輕的三聯書店因為在共產黨前史階段的卓越工作，為自己贏得了崇高地位，那個年代，參加三聯就意味著參加革命，而早年三聯退休下來的人員也享受中共中央離休幹部的待遇，所以，讓我們不憚以最大的善意來理解三聯的「《讀書》事件」

吧，他們從歷史經驗出發，頂著輿論的壓力和群眾的不理解，要把汪暉、黃平保護起來，短兵相接的事情就讓更年輕的同志來吧，你們，當代中國最有批評能量的兩位知識分子，暫時回到馬克思的工作。

事情不會就這樣過去。如果超男超女能成為中國的現實，那麼，即便是最粉嘟嘟的做法，天南地北，一代又一代的《讀書》讀者也將把新的《讀書》押送到不斷革命的航程裡。這個，就算一個普通讀者的祝福吧。

媽的奶最腥

前一陣，李敖高調跑來大陸玩文化騷擾，同時，上海作家和出版家低調跑去台北搞上海書展。代表團回來，飯桌上問起，亂哄哄的有人說見到了《殺夫》的李昂，有人說台北和上海沒啥區別，有人說台灣女人真是很女人，言下似立馬要去台灣包二奶為大陸爭光。然後，作家孫甘露點上一枝菸，巍巍然吐出一輪煙圈，說，不知道你們注意到沒有，台灣有一個建案，譯得真是妙，英文Top View，中文「世界觀」。

大夥都驚豔，然後，有人咳咳咳，沒啥了不起，媽的奶最腥，Modernization的花樣唄！又不是八〇年代，現在咱們上海絕對不會輸給台灣的。好像是真的，如今上海多牛逼啊！我的朋友開飯店，還專門雇個台灣廚子，這讓他自我感覺好，朋友圈裡有面子，脾氣也隨和許多，不再像大學畢業那幾年，說到自己的台灣老闆，就恨恨道：台巴子。

台巴子這個詞終於過了時，因為上海現在不緊張台北了。以前，讀大學時候，班上美女跟台灣人談戀愛，錢包裡故意放幾張台幣，廣大同學雖然恨其不爭，畢竟也認同當時的順口溜：一流美女嫁美軍，二流美女嫁國軍，三流美女嫁共軍。風水轉啊轉，現在台灣人跑到上海，出租車司機不會再滿臉堆笑：「老闆，來投資的吧？」如果您再碰巧長得跟李敖一樣後生俊俏，司機可能還會同情道：「年輕人，跑大上海尋工作啊？台灣現在經濟不靈光了吧。」

但是，慢著，老和尚把姑娘背過河就放下了，小和尚心頭卻放不下。這幾年，上海趕上好時光，一路趕英超美整得光鮮亮麗，人前人後披上了貂皮，但是，畢竟不放心，時時刻刻要問，「我沒破綻吧？」怎麼會沒有破綻，隨便轉個頻道，上海主持人出來了，胡瓜調小S腔，看著親切吧？您要有時間，到上海西邊轉轉，古北是台灣人的大本營，家樂福超市裡的結帳小姐衝你蜜蜜甜一笑，說，先生您是台北來的吧？保管您不生氣，自覺跟F4有得一拚。

如果我記憶沒錯，二〇〇〇年，香港嶺南大學召開張愛玲學術研討會，那是我第一次看見朱天文，她說到胡蘭成，眼淚流下來，當時覺得她實在是美，聲音手勢都動人。隔了五年，陳子善先生籌備在上海召開張愛玲會議，商商量量了快一年，邀請函發了三四通，改期又改期，最近蒸發了，為什麼，因為胡蘭成是漢奸，張愛玲是漢奸老婆。

所以呀，朱天文的眼淚，也只有在港台可以流，這樣的美，上海沒有氣候。不過，我這樣說，也絕不是要歌頌台灣，關於水深火熱的台灣人民，我們有很多段子，比如這個：

李登輝、連戰、陳水扁同坐直升機巡視，李登輝說：「如果我丟一千塊下去，撿到的那個人一定很高興。」連戰接著說：「如果我丟兩張五百元下去，那就有兩個人很高興了。」陳水扁再接再厲：「如果我丟十張一百元下去，就有十個人很高興了。」這個時候，駕駛員喃喃道：「何不把自己都丟下去，讓兩千一百萬人都高興？」

輯四 答應我

本來是吃日本海鮮看相撲表演，非常時期改喝下午茶，還沒聊到歐巴馬，寶爺手機響了，咖啡館的老闆娘從夢中嚇醒，直勾勾地看著寶爺，我的媽，這是什麼手機，音響效果比臧天朔還悍。

這是山寨機，八揚聲器六攝影頭七七四十九G，外加三百六十五天待機，寶爺謙遜道，支援鄉鎮企業，共度金融危機。同席的時尚雜誌美女主編愛不釋手，久久撫摸「魔拖騾拉」，發嗲要寶爺和山寨機一起上年底封面。如此話題轉到山寨版，沈爺說現在山寨才是生活真諦，他昨天去一醋菜館打分，老闆自我介紹叫蔡瀾，牆上還有真蔡瀾和真沈爺的合影。

你山我寨，沈爺拿出倪匡名片，老闆大叫久仰久仰，多送了一碟水果上來。於是大家合計搞一個活色生香矛盾獎，寶爺自願當獎品，他渴望由孫甘露把自己頒給邁克。呵呵，三個月來，因為邁克在報紙上公然宣告他要到上海探寶爺，寶爺的心啊，就是那句話：我是你的，我的夢也是你的。可恨邁克玩山寨，說話沒算數，寶爺悲憤之下加盟了山寨版《紅樓》攝製組，他在裡面演哪釵，大家可以自己上優酷網看，如果嫌山寨版漫長，可以登錄中國影視露點研究中

歌手。曾因聚眾鬥毆罪判刑。

心，寶爺為邁克練出的那一身肌肉，大家可以在研究中心很方便地搜索到。

研究中心克服了創辦之初的種種困擾，現在客流量是大了，所以曾經有網友建議要不要限制上網，跟車輛限行那樣，門牌號碼尾數是3的，星期三就禁止上中心，不過，網友建議出來才三分鐘，中國影視盤點中心閃亮登場，廣告詞就是曾經被架空但終於落實下來的那句：為人民服務。

為人民，創山寨。寶馬拖拉機，阿迪達斯和尚鞋，諾基亞嬰兒手機，沒有做不到，只有想不到。去網路上看網民自己做的「百家講壇」，自己做的「新聞聯播」，你會覺得，這依然是一個充滿希望的人間。真是TMD爽，以前我們有盜版，現在版本升級我們有山寨，我們不僅要山寨第一線的人和物，而且要超克他們。張藝謀陳凱歌不稀罕，網路上的饅頭才是影像的普世力量；《紅樓》劇組耗盡民脂民膏的做法真可恥，快男超女星光大道選秀選秀多麼無聊，山寨歲月我們歡呼山寨文化，請草根的林妹妹重新擦亮我們的眼睛，向民間的直升機致以崇高的敬禮！

全世界山寨人民正在聯合起來，前兩天，山寨版《紐約時報》號稱一百二十萬份出街，頭條就是，「伊戰結束」，另外還有文章包括，「國有化石油將為氣候變化埋單」「最高工資法案獲勝」，以及三版刊登的埃克森美孚的廣告：戰爭結束，發和平的財！

這份號稱旨在敦促歐巴馬信守競選諾言的山寨時報，雖然在經濟危機時代出爐，卻也在交易市場炒到了千元，所以哈佛教授認為《紐約時報》應該以此為榮，儘管紐報方面還是有些氣急敗壞。這樣，各方面看，山寨的前途都是光明的，不僅將史無前例地登上這個時代的道德高地，同時還能物有所值地獲得真正的勞動價值。嗚啦啦，我們沒有什麼可以失去的，如果《梅蘭芳》可以有京劇版崑劇版話劇版滬劇版電視版電影版，怎麼就不能有一個山寨版？

魯迅說過，地上本沒有路，走的人多了，也便成了路。山寨文化如果在出身階段有原罪，可是它後天的道路已經照亮了它的前世今生，走在這條路上的人，就算是奔著錢來的，也將在山寨歲月中獲得戰鬥機的快感：以夷治夷！

當然，我們最後的期待是，就像寶爺因為長期使用張藝謀的名字呼籲要愛護女演員要重舊感情，張藝謀拍《滿城盡帶黃金甲》的時候不得已又請回了鞏俐，山寨文化在無可限量的未來中，應該重新去爭取文化領導權。而目前階段，我們的最低綱領可以制定為：對一線人和物進行網路篩選，人民票選山寨的，我們就山寨。比如，醫藥業、房地產業，教育市場這些暴利行業可獲首批山寨權。

同時，為了山寨事業的壯大，我們應該時刻守住山寨口號：為人民服務，讓人民放心。因為我們的最高綱領是，以山寨的方式道德綁架強勢力量，並最終消滅強勢力量。

他媽的和操蛋

帶著學生為電影節影片做翻譯，說是指導學生，其實主要工作就是處理性愛翻譯和粗話翻譯。不是學生翻譯不出來，而是他們搞不清應該把那些語涉器官的激情、豪情或冤情直譯出來還是轉譯掉。就像看莎士比亞，克麗奧佩脫拉對安東尼明明說的是，「我恨不能有你那桿三寸槍，」但我們讀到的卻是，「但願我長得和你一樣高。」

當然，現代銀幕遠遠沒有「三寸槍」那麼文雅，所以，做過一輪電影節，我的電影欣賞水平沒提高，卻大大地補了民間話語課，記得有一部電影，一個屠夫一邊殺豬一邊罵豬，實在不堪入耳，最後請示領導，一律處理成「他媽的」，但是整整五分鐘，字幕一直「他媽的」，觀眾也會有意見，領導後來勉強同意可以再粗俗點，但「操蛋」是翻譯底線了。好在這部影片後來沒有通過影展，否則會讓人懷疑我們的翻譯工作。這是七八年前的事。

但現在也還是如此。你在銀幕上聽見男主角明明罵的「雞巴」，但字幕還是打成「狗屎」，沒什麼，「雞巴」多了不能上映，而「狗屎」顯得衛生。所以，小孩子創造出火星文進行交流，真是一點不奇怪，就像我們小時候，沒處發洩，學學「座山雕」叫叫「奶頭山」也是一種快感。當然了，中國的電影現狀還不是「雞巴」「狗屎」問題那麼簡單，我們一向以複雜取勝。

張藝謀張大師在教訓賈樟柯時，說過一句似乎很有道理的話，「馬有馬道，驢有驢道」，意思是，你們藝術電影和我們大片爭啥爭啊！哎呀，年輕人真是不懂事，你們用張大師的零花錢整出來的文藝節目，怎麼上得了百雞宴？去去去，拿著壓歲錢買個鞭炮放放，別擋道。

所以，中國特色的問題還不是馬兒和驢兒的界限，事實是，這些年，不僅驢子沒道，連馬兒也是一九五〇年代出生的人頭馬才有道，其他馬兒也好，驢兒也好，只能用小瀋陽的經典語錄安慰自己：一閉眼一睜眼，一天；一閉眼不睜眼，一輩子。

不過，多數電影人還都不願意一輩子這樣過去，所以，呼籲電影分級，呼籲用電影分級局取代電影審查局！因此，呼籲電影分級，在中國語境裡，其實是振興「中國」電影的一次努力，轉譯成第六代導演們的心聲，也可說是對商業大片的一次聲討，對幫忙幫閒商業大片的社會各勢力的一次聲討。比如《滿城盡帶黃金

座山雕（鵰）為中國文革期間家喻戶曉的京劇樣板戲《智取威虎山》劇中匪首，據天險以「奶頭山」為巢窟。

中國電影界兩大代表性獎項盛事：百花獎（觀眾票選）、金雞獎（專家評選）。

甲》在美國被劃為青少年不宜的影片，但在中國，卻堂而皇之地進入所有院線所有劇場的黃金檔。

必須分級！只有分級，《投名狀》也不必半邊臉數錢，半邊臉訴苦：因為審查緊，關鍵的藝術的鏡頭都給剪了。審查局的官員受得了的，人民群眾也受得了。只有分級，無數在電影廠倉庫裡一出生就死去的電影膠捲才有得見天日的機會，小年夜，一個朋友幾乎聲淚俱下地對我說，都罵我們年輕人走國際影展路線，但祖國給我們路線了嗎？沒有，我們辛辛苦苦三年籌錢，三年拍完，然後收庫存，我們什麼滋味！只有分級，「中國電影」這個概念才可能被重新刷新，陳腐的電影審查制度才能進入歷史。

必須分級，但分級絕不是我們人民群眾期待三級片，喜歡暴力和色情，互聯網時代，我們想看什麼看不到，又不是看到「女」字旁就渾身發抖的年代，所以電影局領導振振有詞，「必須強調，分級絕不是說要在電影中允許色情和暴力不恰當的渲染，更不是允許三級片的存在，」簡直是對百年中國電影和電影觀眾的莫大侮辱。

當然了，如果領導心中想的分級就是分個三級片，那麼，電影分級，的確「並非救市良藥」，但是，請中國電影高層領導們把中國電影事業放心中吧，難道電影人呼籲分級是為了刺激？如果排除有關方面的商業經濟因素，我們中國人多地大的確有特殊國情的話，或者也可以探討一條新的分級標準，就像伊朗那樣，也分三級決定電影的發行渠道和宣傳方式。A級電影質量最好，可以上國家電視台廣告進最好院線，而C級則禁止電視廣告等等。

電影分級時代不能再等待，否則中國電影不用分級，就用商業歸類可也。十億一級，一億一級，千萬一級。當然，如果有了分級制，但分級制卻是電影審查局下面的一個附庸，那這樣的分級制，就讓我們一起粗下口，罵一句審查許可的「他媽的」，當然，如果你實在氣不過，記住，底線是，「操蛋」。

和台灣同學一起去學校小飯館，吃著吃著，出現形跡可疑的東西，來自發達地區的女生當時就花容失色，掩住嘴往洗手間衝。大陸同胞雖然沒有同感，但自覺丟了臉，大吼一聲，「老闆！」老闆是北方人，也不狡辯，樂呵呵道：沒事沒事，今年入冬遲，小動物到現在還不肯冬眠，吃不壞肚子，沒事沒事。再跟他理論，他煩了，說，好了好了，這個菜算送給你們的，中午的生意白做了。

我不是要在這裡詆毀我們的餐飲業，說實話，現在真叫「吃在上海」，什麼樣稀奇的東西上海沒有，而且絕對是一流服務，還加上價格公道。北京來的朋友不僅豔慕我們的服務小姐美，更讚歎這裡的侍應男生，一米八的個兒，低聲下氣地忍受顧客的脾氣，「湯太鹹，退了！」全球化讓上海又有了海納百川的腔調，但也稀釋了這個城市的荷爾蒙。所以，作為懷舊的一種方式，在社會上好吃好穿了的老同窗，常常會回到校園來，重溫前現代乒乒乓乓的吆喝聲。而互聯網上的無數飲食演義，也多是白領灰領們離開校園後的反芻，因為在故事裡，學校食堂總是第一現場。

比如這個，說是大寶讀研究生那年春天，他約了女朋友在食堂吃飯，吃著吃著，一個小強（蟑螂暱稱），大寶撥開了事；吃著吃著，又是一個，大寶再撥開，如此五次，大寶火了，他端著飯盒往食堂窗口重重一摔，剎那間，千人大食堂安靜下來，無數目光匯聚在打飯的何師傅身上，只見何師傅頭也沒抬，從容說道：「說了多少遍了，集齊六個小強，才能換豆包一個。」

像這樣的「小強的故事」，民間流傳很多，有關方面看到了，肯定惱火，家醜外揚不算，而且顯然是誇大其辭，要知道，現在的學校餐廳也慢慢麥當勞化了，真要集齊六個小強，難度係數也不低。但是，當這個城市越來越彬彬有禮，吵架光火的理由越來越少的時候，我們為什麼無限惆悵地懷念起小強來？不是瞎說，我的個人經驗也足以表明，免費湯裡的手錶，肉包子裡的草莓，雞蛋裡的鈕扣，雖說是青春燼餘錄，卻都成了Good Old Days。

最近因為參加電影節評選，集中把這幾年的國產片都溫習一遍，發現青春電影，還是最美的收穫。《孔雀》、《青紅》、《紅顏》、《世界》，每一部描畫的都是殘酷青春，但導演的鏡頭不僅抒情，而且戀戀不捨，兩相比較，再壞的昨天也是心頭好，再好的今天也已經壞了。姊姊的降落傘碎了，青紅遭遇了強暴，小雲中學沒畢業就懷孕，小桃被戀人背叛，青春從來沒有平靜過，但深深淺淺的，我們全部跋涉過來了。只是，跋涉出來以後，故事也就結束了，就像《孔雀》最後開屏，已然人去樓空。

上個世紀六〇年代有一句著名的口號，「要是吃維他命犯法，我們早就吃了！」鬥爭到今天，已經沒有什麼鬥爭的餘地，犯法是一種酷，守法也是一種酷，所以，這些年來，青春殘酷電影瘋一樣地到處開機，大家懷念的已不再是青春，而是那個時代還能這樣流血，還有這樣的傷口。就像我們現在念叨小強，變態地和小強糾纏在一起，只是為了證明曾經的青春也髒亂差。

阿巴斯和寶爺

阿巴斯（Abbas Kiarostami）的全球巡展到了上海，我特意找了個星期天去看，想著人會多一點，而在展覽會上偷聽別人的對話，應該是一個專欄作者的天職。也是在這一點上，我認同大偵探馬普爾小姐的天性，一個熱愛生活有責任心的人，就應該愛打聽，甚至是愛偷聽。沒錯，愛偷聽！其實，人性如此，否則珍·奧斯汀怎麼會有那麼多粉絲？否則讀者怎麼都愛看個對話？

春光燦爛豬八戒，從人民公園拐到上海美術館，我收拾了一下心神，自覺進入了高雅場所。但是，真的是曲高和寡還是大家都在春運排隊，整整一個展廳，只有我和兩個管理員，而阿巴斯的攝影很快也把我的體溫看沒了，雪雪雪，風風風，孤獨的樹，孤獨的狗，而就在這個時候，我聽到了一聲嘹亮的哭聲，心頭一熱，循聲找去，原來是阿巴斯的錄影裝置作品，《十分鐘年華老去》，拍一個小孩從夢中醒來，跟我一起過來的管理員不知是跟我說，還是自我探討：格算啥意思？小人睏十分鐘，醒過來哭一聲，還沒人抱抱伊？

我一下覺得這個管理員說出了阿巴斯的問題，「沒人抱抱伊！」不相信，自己去一次美術館。沒錯，阿巴斯絕對是電影大師，馬丁·史柯西斯的讚揚也絕對當得起，「基亞羅斯塔米代表了電影藝術性的最高水準！」不管是《櫻桃樹下的情人》，還是《生生長流》，還是最近的《道路》，阿巴斯都可以高高舉起他的無數獎盃，他實在是無與倫比的，就連眼高於頂的高達都會說：「電影始於格里菲斯，止於阿巴斯·基亞羅斯塔米！」但是，高達的這句讚美同時也是曖昧的，如果大家都像阿巴斯那樣拍電影，我怕電影觀眾會慢慢跟美術館的人數靠攏，因為阿巴斯的潔癖太厲害了。

跟我來，你看，他的潔癖讓他多麼形式主義多麼刪繁就簡，同時又顯得多麼冷漠多麼驕傲！他的作品一直是兩個主題，道路和樹，而無論是攝影機還是攝像機，他的圖像都像他自己的詩：來了，我一個人／唱啊，我一個人／笑吧，我一個人／走啦，還一個人。所以，雖然圈子裡驚歎他「二十七年來，他竟然堅持拍攝單一主題，重複記錄同一條道路同一棵樹」，我卻慢慢從擁躉變成了一個異見人士，因為他平民的題材沒有聚集起人氣，相反，就像他的另一個冗長的攝像裝置《睡眠人》所遭遇的，那宗教般的睡眠反而拒絕了觀看。

因此，亂世裡，阿巴斯的電影雖然展示了寧靜和純淨，我卻並不特別推薦朋友去看，大過年的，還是讓我們互相擁抱一下，聽聽隔壁飯桌在聊什麼，而這邊，寶爺又笑瞇瞇濕答答的從廁所回來了，大家一看，知道他又被人認了出來。

這才是我們中國人的世界啊，寶爺上廁所，旁邊男人一眼瞥見，撒著尿就轉過來大叫：我的媽，這不小寶嗎？所以，什麼時候，阿巴斯能夠有寶爺的心胸，美術館的觀眾就不是那麼幾個了。

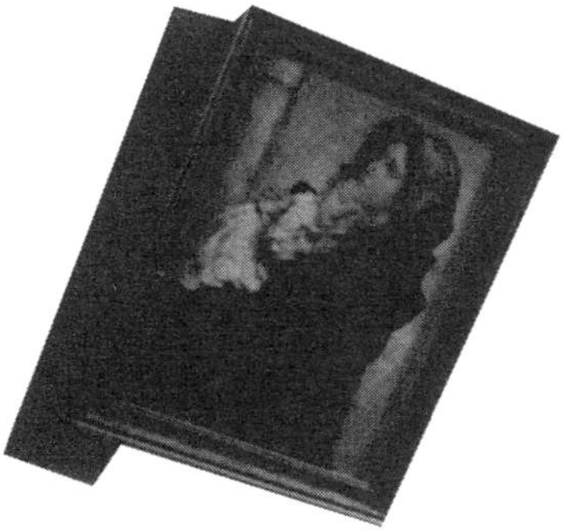

大明王朝

賣影碟的人兩次跟我推薦過《大明王朝》，我瞄了一眼封面上的陳寶國又放下了。這些年，陳寶國演了五六個朝代的帝王了，別看時代不同了，他揮大黃袍還都是一個樣。但是，一個春節下來，天天聽人在飯桌上談嘉靖（明世宗）和海瑞，感覺以後可以不聽老師的不聽父母的，但不能不聽賣碟人說過兩遍的話。

陳寶國主演的《大明王朝：一五六六》還有一個副標題：「嘉靖和海瑞」。二〇〇三年，中紀委書記吳官正在海南考察了海瑞故居，作出重要指示，現在我們仍然需要突出海瑞精神。這樣，就有了劉和平，有了劇本：嚴黨「改稻為桑」，又放水淹田，民不聊生，只能賣地，於是官商勾結從中漁利，亂世裡，海瑞像中紀委那樣出擊了。再也沒有比這個「王朝」更占盡天時地利了，配合電視開播，陳良宇率領他的「江南織造局」倒台了。一向和央視決雄雌的湖南衛視馬上大手筆，高價買下五年獨家播映權。中紀委也發出通知，要在紀檢系統內部推介這部反腐力作。

不過，你也不用因此擔心《大明》就是主旋律，能在民間引起反響的永遠是歷史上的「剩餘物」，個人身上的那個「餘數」：嘉靖並不是昏君啊，他懂無為而治

陳良宇：前上海市委書記，因涉入貪污弊案而遭撤職處分。

懂君臣共治！嚴嵩也不全是奸臣，他有苦衷有承擔心頭也放社稷放家國！還有那個大清官海瑞，性格裡也有偏執也有讓人難以認同的個人倫理！不過，這部連續劇如果只是重新定義這三個人，那也就跟「紅色經典人性化」一個思路。製片人劉和平的「三句話」還是這個戲的重頭：「我在給演員談海瑞角色理解時，說了三句話：海瑞是當時封建腐敗官場的一個恐怖分子，他走到哪兒，哪兒官場恐怖；海瑞採用的行為方式是自殺式襲擊，跟你拚命；海瑞一生全面宣戰，臨死時一看，原來是跟一架巨大的風車作戰，絲毫未能改變封建專制統治。但不管他勝利還是失敗，至少還有一個海瑞精神在吧？爭一分是一分，如果大家都不爭了，這個民族就完蛋了。」

所以，雖然飯桌上，大家都在那裡講海瑞的野史——說海瑞當官，最討厭別人跟他點頭哈腰，可因為他是知縣，又一向嚴厲，所以底下的人看見他總是情不自禁彎個腰，除了一個上了年紀的衙役；沒過多久，這老頭衙役就被海瑞提拔了，這本來是個教育我們剛正不阿的故事，但這故事有個尾巴，說這老頭衙役不躬身，是因為腰椎有問題，只能直來直去——在螢幕上看到海瑞身後放個棺材，決意為《直言天下第一事疏》付出生命時，他所有的偏執都成為更高理想的形式，立馬撼動我們普羅。

不知道上海台什麼時候去買這樣的電視劇來播，但凡看了的人，大概都會由衷地感歎，其中，當然還會有冷冷的聲音：嚴黨倒了，清流贏了，是否從此君輕了民貴了？

周瑜正和諸葛亮商議緊急戰事，突然手下來報：不好了，夫人請你趕緊去。

梁朝偉火速奔赴林志玲，原來是戰馬難產。好在諸葛亮也跟著來了，而且於畜牲生產，亦是「略懂」，如此，小馬「萌萌」誕生。一旁，林志玲嬌滴滴地對梁朝偉說：「答應我一件事，長大以後不要讓牠成為戰馬。」

《赤壁》這一段落，成了網上饅頭，飯桌上，大家熱火朝天地討論誰會是跑進鳥巢的最後一棒火炬手，姚明不是，劉翔不是，只有「萌萌」嘍。電影院裡，梁朝偉鄭重其事地吐台詞：牠（小馬）出生在荊州，我們就叫牠萌萌吧！觀眾席一片歡笑。冤無頭債無主，這個匪夷所思的名字至今沒人認領版權，導演說是編劇幹的，編劇說他在劇組的時候，小馬還一直叫「囡囡」。總之，答應我一件事，沈爺鄭重地看著小寶，我們的孩子，不要去拍大片。

人世的無厘頭，莫過於大片了，雖說有張藝謀陳凱歌墊底，吳宇森可以拿五顆星，但《赤壁》也就是好看，金城武看著梁朝偉，哪裡是英雄惜英雄，完全是春光乍洩美人愛美人，所以，關於《赤壁》，科學人格的網友堅持在討論，小喬懷孕了，他們還激情，合理嗎？導演編劇都不怪這討論離題，畢竟，有奧運打底，什麼樣的陣勢我們都招架得住。

再沒有比奧運更宏偉的大片。以祖宗的名義擔保，我愛奧運，我愛北京，但幾個月來，隨著奧運越來越接近開幕，官方民間的氣氛都有些無厘頭了，真不是設計台詞，這邊廂，氣象局長對天說：答應我，奧運不下雨！環保局長對空氣說：答應我，奧運不灰色！那邊廂，對著電視台的攝影機，老百姓躊躇滿志：答應我，劉翔！答應我，姚明！

不知道《赤壁》下集會不會交代萌萌的命運，真要交代了，那牠肯定成了戰馬。好比，我們在學校食堂吃飯，常常會講述一個著名段子：中午吃飯我打了兩份菜，吃了第一個我深深震撼，世界上還有比這個更難吃的嗎？不過，吃到第二個我終於哭了，還真有啊！我的意思是，讓我們改掉這種壞習慣，沒法預見的事情，就不要強求「答應我」。

劉翔你別答應。姚明你也別答應。讓我們學習某些滑頭飯店，金碧輝煌地拉橫幅，「看奧運吃川菜，愛祖國愛人民」。不過眼下，對不起，我真是想對張藝謀再說一遍，答應我，開幕我們不整英雄。

嚴鋒跟量子力學的泰斗見過面後，接見了我們。席間，他充滿信心地叮囑我們，保重身體，二十年後，會是另外一個世界。他用了很多無法複述的專有名詞描繪未來世界，用我簡單的頭腦總結的話，就是：如果我們能順利再活二十年，那麼到時候，想活多久就活多久了。

當然，活著，這還是最粗鄙的未來想像，到時候啊，嘖嘖（我的語氣怎麼有些加菲貓呢），我們不僅可以悠遊於自己的前世今生，連愛情都能搞定，丘比特那樣，想命中誰就命中誰。《仲夏夜之夢》是真的，《大話西遊》也是真的。

嚴鋒一定不同意我這樣墮落的描述，對於一個醉心於無窮大和無窮小的人，他的想像力和精氣神不能在人的範疇裡討論，基本上，他已經和傑克·鮑爾、傑森·包恩這類人那樣，站在這個世界的最前沿，用的度量衡和身分碼都非我族類。

沒錯，正是非我族類這一點吸引了我們。最近幾年，我發現，不僅我自己，還有周圍很多朋友，生命中最激動人心的時刻，不是結婚，不是奧運，不是中獎，不

復旦大學中文系副教授，科普雜誌《新發現》主編。

是升遷，而是，《24小時反恐任務》新季出場！《神鬼認證》全文譯出！我承認自己有玩物喪志的傾向，少年時代看武俠小說，一個星期看出了近視眼。印刷粗劣的小字版《射鵰英雄傳》，我披星戴月看了三遍，最後等我抬頭看星星的時候，我發現星星疊影重重了。但這都是很多年前的事了，跟著武俠小說和港片長大，慢慢我也練就了榮辱不驚的功夫，飛簷走壁不稀奇，神出鬼沒亦平常。

但是，傑克．鮑爾和傑森．包恩的故事，重新點沸我們。好像是，這些故事裡的主角也不是新人類，我們在《英雄本色》中也見識過此類本人沒有弱點，但家人弱點多多的英雄，傑克．鮑爾被女兒老婆拖累，狄龍周潤發張國榮哪個沒有因為家人中過子彈吃過苦頭。可是，鮑爾和包恩一出場，相貌平平，身材平平，我們又挪不動了，就像《功夫熊貓》，其實誰都知道功夫不是熊貓的本質，但我們跟著銀幕上的豬啊兔啊，看著神龍大俠阿波凱旋，歡呼雀躍。是什麼東西把鮑爾和包恩變得如此不同？

他們倆一樣。在這個世界上擁有的一點點正常的東西，都會頃刻間灰飛煙滅，愛人沒有，身分沒有，集體沒有，最後，連祖國都沒有。不過，當他們賭輪盤一樣地輸個精光的時候，我們也從來沒有獲准機會喘息。他們和周潤發不一樣，發哥眾叛親離傾家蕩產的時候，我們知道他失無可失，反而放心了，可以吃點爆米花喝

中國直譯為《伯恩的身份》。

口酸梅湯，因為，接下來，我們的情緒會越來越高昂，香港電影是要講個結局的。

但鮑爾和包恩的世界是對無窮大的探索。如果美國曾經自居這個世界的長房長孫，那麼現在必須重新接受身分認證。我周圍有一些對美國特別看不上眼的朋友，但對於《24小時反恐任務》中的美帝國心態，居然都能視而不見，為什麼呢？因為集中在鮑爾和包恩身上的問題，其實已經變成一個全球必須共同面對的問題。

《電影手冊》評價《24小時》說，「這部連續劇自覺地承擔了美國故事片沿革中的歷史責任，這種責任，在今天的好萊塢已經完全找不到了。」不追索源頭，就說七〇年代，因為七〇年代的一些共同焦慮今天被再次放大，而且逃無可逃。當時的一些大片，無論是《法國販毒網》、《教父》、《現代啟示錄》，還是《星際大戰》，雖然非常講究好看，但是每個導演都有強烈的政治情懷，要用電影來治療時代的恐懼和焦慮。當然，幾乎所有美國大片都脫不掉娛樂基本教義的嫌疑，但是歷數七〇年代的著名導演，我們發現，這些人的後代傳人在九〇年代幾乎個個千金散盡，一戰二戰，越戰冷戰，集體成了床前明月光，最後都成為動漫英雄身上的一顆硃砂痣。

Cahiers du Cinéma，世界知名的法國電影期刊。

台灣譯為《霹靂神探》。金．哈克曼主演。

這樣，鮑爾和包恩登場了。套現在倆人身上的主題從來沒有明朗過，從來沒有溫暖過，他們一直被迫在自己的同事、自己的親人面前展現最不人性的那一面，雖然本人已經踏入非人的身體段位，但是這樣的段位不再屬於英雄主義的範疇，他們的能力成了他們的限制，身分不明的包恩發現自己有一身驚人功夫的時候，是他悲劇的開始。無論是勒德倫，還是《24小時》的集體編劇，都以「最大的惡意」剝奪了英雄的光環。醒醒吧，新的國際環境就是這樣，你再強大，對面永遠會有人拖出你的軟肋冷冷說：放下槍！

這不再是個體生命和群眾生命的古老較量，鮑爾和包恩都曾經把國家恨恨放下，刺激人心的地方是，當對立面說，「我們都是為了國家，都是為了自己的職守，你和我完全一樣」時，我們對這個世界的想像，最後的方圓和邊界迷失了。

山窮水盡，通俗劇的優點終於現身。屍橫遍野後，前國防部長指責鮑爾是災星，鮑爾大怒：「**How dare You!** 我所做的不正是你這樣的人要求我去做的！」這下我們心裡好過多了，畢竟有最後墊底的。當然，如此三個回合，國家既成了最大的治安單位，也成了最小的，而從這個度量衡出發的影視和小說，基本上，都在這個時代贏得了喝采。不過，也許我這樣說，對面會有人大喝：**How dare You!**

《神鬼認證》原著小說作者Robert Ludlum。

年輕才是硬道理

奧斯卡越來越低齡，而艾美獎卻越來越像終身成就獎，場場都是老戲骨對決，比如今年的劇情最佳女主角，一方是《家族風雲》的莎莉·菲爾德，一方是《金權遊戲》的葛倫·克蘿絲；同一獎項去年提名人物，派翠西亞·艾奎特四十歲，凱拉·賽吉薇克四十三，瑪莉絲卡·哈吉泰四十四，艾迪·法柯四十五，莎莉·菲爾德六十二，所以，光從獲獎演員平均年齡看，艾美獎要比奧斯卡更莊重。

這個呢，我一直以為是艾美獎靠譜的地方，最近看了洛朗·朱利耶的《好萊塢與情路難》，才感到好萊塢的低齡另有案底。

朱利耶說得很爽脆：幾乎在所有的社會中，絕大多數女獵手的王牌就是年齡。這話好理解，錢德勒很少出入好萊塢的交際圈，當然因為他討厭名利場裡的勢利和銅臭，但是，如果他的妻子希斯不是比他年長十八歲，老讓人誤會是他母親，他大概也不反對偶爾養養眼開開心。

時光流逝帶走好年華，三十歲以後，孤獨，可憐，瘋狂，這些東西就上來咚咚咚敲

《家族風雲》中國譯為《兄弟·姊妹》；《金權遊戲》則譯為《裂痕》。

門，好萊塢五〇年代愛情代表作《野宴》，其中有兩個配角都四十多歲，外表欠佳淪為單身，最後，蘿絲瑪麗威脅霍華德，你必須娶我，否則我就自殺。霍華德說，蘿絲瑪麗，你至少得說，請你娶我。四十歲的單身女人被導演剝奪了自尊心，她哭著說，「請你娶我……」蘿絲瑪麗的扮演者羅瑟琳．羅素後來被提名奧斯卡最佳女配角，但她不願意作為女配角被提名，所以《野宴》當年錯失一尊小金人。

羅瑟琳覺得自己應該作為主演被提名，但是好萊塢的邏輯不允許，而且，幾乎沒有人不同意，年輕的金髮美女金．露華才是當然主演，她的浪漫愛情才是《野宴》主題，黃金時代的好萊塢愛情片，哪個主角不是年輕美女？朱利耶在書中亦是反覆打劫老年人：在愛情上，不管是男是女，年輕漂亮的總比年老醜陋的要好。

基本上，這本《情路難》就像是理論版的《傲慢與偏見》，而朱利耶本人嘮嘮叨叨又不乏真知灼見的腔調則特別像班納特太太。「十五歲到廿五歲的女人才有最大的機會博得好男人的歡心，」不過呢，「身體的資本並不那麼容易轉化成幸福。」所以，黃金時代，典型的花瓶最後也會脫掉面具，「承認自己最大的願望是做一個母親。」可時空轉換，「愛情老片越來越難以理解，因為它們不容置疑的前提是性交易的目的就是繁衍種群，」也就是說，「異性戀雖然是黃金時代愛情片的基石，但是，它過時了，因為它產生了太多的不平等。」因此，好萊塢轉而讓我們相信，「人在一生中可以有數次真心戀愛的經歷。」這樣，「也就沒有必要謀殺糟糠之妻愛麗斯了。」

最後，朱利耶倒也像班納特太太那樣收場：魚和熊掌兼得，二女兒愛情的鐵達尼號還沒沉沒，小女兒婚姻的貓鼠遊戲方興未艾。換句話說，情路雖難情人在，黃金時代也好，後現代也好，愛情的經濟學風生雲起，但從來不缺主角，而且，後代主角多少帶著前朝胎記。比如，讀《傲慢與偏見》，我們其實可以把達西和他傲慢的姨媽咖苔琳夫人，甚至伊麗莎白算成一路人，而他們對待愛情的態度，表面十萬八千里，說到底卻是一個種族，一個流派。

《情路難》以愛情老片為載體，在一個犬儒時代追索出《卡薩布蘭卡》的變奏和變種，雖然講究的是愛情實用哲學，但整體風格，包括引用的例子都是浪漫派，因此說是好萊塢情路難，但我們看完以後卻是心頭暖洋洋。即便《當哈利遇見莎莉》，兩人布置新公寓，在每本書和每張CD都寫上各自的名字，以便分手時好分財產，那又怎麼樣？這不影響我們覺得他們相愛。還有《你是我今生的新娘》，雖然最後的結尾在雨中，鏡頭冷冷藍色，但那沒什麼，這點嘲諷不能敗壞我們興致。

當然，你要說這些是愛情替代品也沒關係，不顧一切地衝向愛情前線，黃金時代

Casablanca，台譯《北非諜影》，一九四二年美國黑色電影。

Four Weddings and a Funeral，中國譯作《四個婚禮和一個葬禮》。

的確有過不少種子選手，但仔細想想，黃金時代和今天的好萊塢一樣，分享了愛情的最大政治學，那就是：年輕。

年輕才是硬道理，朱利耶分析的所有影片，銀幕主角平均年齡二十歲，包括《日落大道》也在這個方程式的陰影裡。年輕，才使得一切的愛情電影敘事成為可能，包括和父母兄妹對著幹，在野餐會上結識單身漢，在公路邊豎起一個拇指搭車有人理睬，有力氣把船划到湖心去親熱，抱起美女妹妹打無數個轉；年輕，才能使一無所有的費雯麗充滿信心地說，「明天，明天是另外一天」，才能在瑪麗蓮埋怨說「我一聽到這個曲子，心就軟了」，我們觀眾跟著軟掉；年輕，好萊塢才能搞出那麼多花頭，如果英格麗·褒曼、卡萊·葛倫經不起攝影機的偷窺和逼視，愛情片中的一大堆攝影新手法怎麼會產生？如果不是瑪麗蓮·夢露、梅·惠斯特在抬腿，誰管呢？所以，如果好萊塢銀幕上不是充斥這麼多年輕人，《海斯法典》也不會出爐，不是年輕法力無邊，半老徐娘不會哀歎，「想當年，我說什麼人們都笑。」

年輕的作者朱利耶雖然強調了黃金時代包括後現代電影中的主角個個年輕貌美，但忽視了「年輕貌美」的政治學，就像波特萊爾批評斯湯達爾的，對美麗，必須要作出充分有效的政治說明！相比之下，朱利耶就有些不如亨利四世邊上的福斯塔夫了。福斯塔夫帶著一彪人馬，去搶一隊旅客，他的口號居然是：「打倒他

一九三〇年公布，限制全美國電影表現內容的法規，嚴禁電影宣傳犯罪、搶劫、通姦、賣淫等惡行。至一九六六年才正式取消。

們！割斷這些惡人們的咽喉！啊，婊子生的毛蟲！大魚肥肉吃得飽飽的傢伙！他們恨的是我們年輕人。打倒他們！把他們的銀錢搶下來！」自稱「年輕人」的福斯塔夫當時快六十了，比所有的旅客都老。那還是十六世紀的舞台。

福斯塔夫的「年輕人」概念現代得出奇，相比之下，朱利耶的「年輕」則還停留在年齡階段，所以，《情路難》雖然亂花迷人眼，但沒有提出特別具有挑戰性的觀點，因為他的論證只在電影美學範疇內展開，而缺少了歷史和社會維度。書中問，是否需要世界冰冷一片，以顯得阿勒甘小說很溫暖？我們馬上想到法斯賓達想到布紐爾，想到他們，朱利耶辛辛苦苦追蹤出的從黃金時代到後現代的線索就顯得短促，甚至過於純情，世界原來就是冰冷一片，黃金時代如此，今天如此。當然，從年輕人的角度來檢閱生理年輕的愛情電影，結論自然比較單純。

不過，話說回來，這本《情路難》的出版，在今天可說是生逢其時。怎麼說呢？經濟危機時代，電影調查顯示，觀眾更喜歡異性戀題材影片，而不是同性戀題材；觀眾更喜歡有家有口，而不喜歡浪子浪女。所以，拿起《好萊塢與情路難》，建議讀者從尾聲開始讀，殘酷和絕望會過去，波折和阻礙會過去，「情即是苦，」最後有情人一定會贏得「好萊塢的真誠」，時代重新開始了，我們一上來先遭遇了沉船，但我們必將重新登船，用《愛在瘟疫蔓延時》來表態，「我們

中國譯作《霍亂時期的愛情》。

一直走，一直走，一直走，再到『黃金港』去！」

憑著這樣的信念，重新打撈出愛情大師楚浮的「政治不正確」：我們不可以說：「天啊！這實在太可怕了，當比亞法拉的兒童死於飢餓時，我竟在拍這部粉紅色的音樂劇！」謹記著，當我們決定拍那部粉紅色的音樂劇的一剎那，我們對那部電影之愛會使我們寧死也不肯放棄那拍片計畫的。

楚浮和新浪潮夥伴高達在一九六八年法國革命之後，不再來往，他們的分手，在政治上，以高達的優勢而告終。終身拍愛情的楚浮有很長一段時間在知識分子圈中成了台子下的讀物。高達不遺餘力地揭露時代的瘡疤，但他的電影觀眾，卻越來越小眾。現在，時辰到了，時代重新呼喚楚浮出場。經濟不景氣，個人靠什麼來傍身呢？愛情。多麼古怪，隔了四十年，時代親自現身，告訴我們，楚浮和高達，做的其實是同一件事情。當你把眼光投向飢餓的兒童，我投向粉紅音樂劇時，大家同在一個愛的意識形態鎖鏈中。

有了這個念頭，一起來讀《情路難》第一章，呃，我的意思是，此書的尾聲。遺憾此書沒有在《畫皮》拍攝前出版，否則，以陳嘉上的純情和悟性，嘖嘖。朱利耶說得很準確：很多古典時期的導演都努力減少影片畫面的多義性，因為他們要構建娛樂的情節，不希望觀眾的解釋有太大的偏離。相反的是，經歷了大敘事崩漬的導演們努力增加多重解讀的可能性。因此，第二層次敘述是有優勢的，但這些第二層次的敘述有一個缺點，就是超敘述，黃金時代的電影是避免使用這些手法的，因為影片本身就是希望激發我們的興趣和熱情，而這些手法有可能拉開觀眾和影片故事的距離。

我們看《畫皮》，從影片中似乎錯綜複雜的人人、人妖、人人妖、妖妖人的關係，能感受到這是一齣力圖後現代的影片，而且，導演也格外用力地設置了一些二級敘述，包括周迅和陳坤的半激情場面，但是，無論是從影片的台詞、影像關係，還是最後結局看，這是一齣力圖回到黃金時代情感邏輯的電影。這樣，目標設置的曖昧導致我們的感情，一小部分留在影片中，一大部分不知去向。

不過啊，年輕就是愛情電影的最大語法。《畫皮》俊男美女六個，在最後時刻向影片伸出援手，美女美男各死一次，觀眾到底是看周迅死感到傷心，還是看狐妖死感到傷心？天知道。反正，電影呢，只要有人傷心就夠。這點，全世界都明白，如果扮狐妖的是吳君如，誰哭啊。

因此，我認為，好萊塢，情路不難，再犬儒的愛情演出也能讓人感到愛河洶湧，只要男女主角足夠年輕美貌。

寶爺在北京電影學院客座，有一回也搞親民，跑去學生餐廳做田野。當然了，所有的學生餐廳都是孫二娘的店，要吃就吃，吃完滾蛋。還好電影學院風光好，眼睛冰淇淋心靈沙發椅，寶爺想起自己的十八歲。但一分鐘後，他雙腿軟軟離開餐廳，而且從此辭別電影學院。

我不想賣關子，雖然寶爺辭職是電影史上的大事件，坊間也多有猜測。但我可以負責地告訴大家，事情是這樣的：那一分鐘，北電餐廳走進了二十七個人，十個毛澤東，九個周恩來，八個林彪，那天，北電培訓特型演員。寶爺出身豪門，是朋友中最有見識的人物，但那樣的恐怖也是平生第一次，他的電影夢從此破滅，讓張藝謀陳凱歌們去折騰吧。人生可以選擇不跨坎，寶爺不想和二十七個領袖一起吃飯。

可以不跨坎

不是必須跨坎的，雖然今年的高考作文題目叫「必須跨過這道坎」，飯桌上夾起一塊大肥肉，我們可以選擇不吃肉，不跨坎；沒考上大學，也不一定要去參加高考複習班，可以不跨這道坎；甚至，甚至生活也可以選擇不繼續，你看林妹妹陳曉旭選擇不去醫院接受癌症治療，自然來自然去，不跨這道坎。可以的，道路千萬條，可以選擇不跨坎，用蘇格拉底的話說，哪一個更好，只有神知道。

因此，讓我祝福在《紅樓》選秀中落榜的年輕人吧！感謝生活，你們將有更多機會不被污染，不受誘惑，而藉著這顆平常心，你發現，六月九日，站在《紅樓》選秀舞台上的人，無論是製片方，還是策劃人，還是評委大人，其實都已經是沒什麼夢想的人了，呵呵，讓我不憚以最壞的惡意來揣測這些跨過太多坎的人吧，他們青春期的《紅樓夢》沒有變成歲月中的舍利子，相反，已經成了《紅樓夢》五十九回中的「死珠」和「魚眼睛」，曹雪芹墳墓中爬起來，會說七十七回的台詞：可殺了。

四個劉姥姥一起跳「我的愛情就像一把火」，林妹妹用英文唱「Memory」，寶哥哥沒一個像哥哥，寶釵另有花叉叉的眼神，然後，在主持人的率領下，他們一起向全國人民宣誓，「我願意」，結婚似的，願意什麼，天知道。

也許，英達算個明眼人吧，他讀完莫名其妙的評委判詞，撂下一句

英達，中國知名影劇導演、演員；胡玫，女導演，也是中國「第五代」導演之一。

話，「你們猜去吧！」而這場選秀最終沒有完全淪為鬧劇，全靠胡玫站在台上，表情沉重地說——

寶玉，待定。

輯五
後來呢

這些年

搬完家，最艱鉅的事就是理書。每天理幾本，理著理著，發現了老公寫給昔日戀人的一頁情書草稿。

是八〇年代的典型情書，不說愛，談思想。天空大地先鋪墊一番，大教室的講座評述一大段，點睛的話必然在結尾，帶著點豁出去的意思，「要是你在就好了，」好像淡淡的，其實已經改過三稿，從「我愛你」「想念你」一直改到「你在就好」，八〇年代的男生寫情書，還沒有短兵相接的勇氣。

紙張已經發黃，字跡開始渙散，彈指十五年了。我們剛結婚的時候，他還是個大男孩，沒有啤酒肚，找不出白頭髮，有用不完的力氣，動不動就說，走，走到華師大去。這些年過去，他臉龐柔和了，脾氣柔和了，夢想也柔和了。

突然的傷感襲上心頭，不知道在他的夢裡，是不是還有「那個愛哭的女孩」，不知道他是不是還惦記畢業列車送走的「長頭髮姑娘」。這些年過去，我已經忘了他也有過魂不守舍的青春，有過泥足深陷的春天，忘記了他的紅色戀人其實就住在隔幾條街的高樓裡。

這些年過去，我們不再彼此嫉妒曾經的心跳，我們忙著生活，忙著把孩子帶大，忙啊忙，忙啊忙，每天嚷嚷累，上床前就睡著了，地鐵裡也打瞌睡，每天最大的心願，就是睡覺，睡覺，睡覺。

然後，黃昏有電話來，大學的一個同窗再也醒不過來了。突然意識到，死亡開始盯我們的梢了，歲月已經把我們推入中年，我以前最看不慣的「中年婦女」四個大字砸到自己頭上了。於是，慌慌張張地組織同學聚會，再不聚會就聚不齊了！

這些年，你們都在幹什麼？沒有人實現了夢想，沒有人說我很開心，一起唱羅大佑的時候，人人都低迷，「愛情這東西我明白，但永遠是什麼，姑娘你別哭泣，我倆還在一起，今天的歡樂將是明天永恆的回憶，啦，親愛的莫再說你我永遠不分離……」

分手的時候，我們互相擁抱，多愁善感的同學就說，不知道還有沒有下一次？車燈一輛輛亮起，一輛輛遠去，心頭有些什麼東西堵在那裡，但不去想它了，趕緊洗洗睡吧，明天還有會要開有差要出還要送孩子上托兒所，趕緊洗洗睡吧。

可是睡不著，想起霍桑的小說，有一個男人，突然心神不寧，便離家出走。他走了很多年，他的妻子成了寡婦，孩子成了孤兒，這一切，他都看在眼裡，因為他其實並沒走遠，就在鄰街，只是再沒有勇氣回家了。

差不多一樣的一個故事，在巴西作家若昂．羅薩的小說〈河的第三條岸〉中，是這樣講的，一個本分的父親突然訂購了一條小船，然後開始了他在河上漂浮的歲月。其實父親哪裡也沒去，就在家附近的河裡划來划去，但是他從不上岸。很多年過去了，姊姊、哥哥和母親忍受不了父親帶來的屈辱，先後走了，除了「我」，我等著爸爸，終於有一天，我看見了他，向他呼喚：「回來吧！」父親揮動船槳向我划過來，但於剎那間，我突然渾身戰慄起來，逃掉了。

迷迷糊糊的，彷彿自己成了那個出走的男人，多麼想回到過去，但是永遠回不去了。或者說，即便現在我有勇氣揮動船槳回家去，已經沒有時空會接納我了，因為河的第三條岸從來沒有存在過。

轉過身，老公已經睡熟，想起他改了又改的「你在就好」，安心了。

保姆第一次上門，打量了一下客廳，就說，你老公是做書的吧？呵，好眼力，連忙請教破綻在哪裡。「不做書，哪來這麼多書？」她看我愚蠢，來勁了，「做書的，意思不大。我以前做過一戶人家，男的在自來水廠工作，那才叫實惠，一輩子喝公家水。」她自己從前是水泥廠的，現在廠子關門了。她說水泥廠也沒意思，誰天天吃水泥啊，不過，她妹妹蓋房子的時候，水泥錢是省了。

她說得很誠懇，不是挖社會主義牆腳的腔調。想起小時候，我們弄堂裡有人在拖鞋廠工作，夏天一到，整條弄堂齊刷刷的，男人是白底藍帶的夾趾拖鞋，女人是粉紅色的塑膠低跟（這種拖鞋鞋底特別容易嵌石子，經常看到女人走著走著，停下來，把鞋底的石子敲出來），小孩鞋面都有星星圖案（穿過一個夏天，星星都掉光了）。那個年頭，憑著衣服食物，我們互相辨認。我小叔有一回在體育場踢球，休息的時候，有人過來攀談，你是國棉三廠的吧？小叔正詫異，那人甩甩手中毛巾，和我小叔用的那條一模一樣，蓋了個大大的次品章。一比劃，發現彼此還是遠親。

那個年頭，父母做什麼工作，孩子身上總留有蛛絲馬跡。我同桌的父親在捲菸廠工作，他成年累月地用裝訂好的大前門菸紙當筆記本；坐我後面的女孩不像我們都背軍綠色的書包，她的書包是用兩塊美麗的大手帕拼的，她弟弟書包也是兩片大手帕，卻常常見他狠命地拖著在地上走，好早點磨壞那彈眼落睛的書包，可是，媽媽是手帕廠的，磨壞了，還是手帕書包。那個年頭，我們就怕與眾不同。都穿白襯衫都是寬褲腿，都是九吋黑白電視機都不過夜生活。學校開運動會，大家都穿帶兩道白邊的藍色球衣球褲，剛好我家有親戚從香港來，送了一套帶三道白邊的名牌運動服，可是我死活不肯穿著三道邊的去開運動會，父母也不捨得另外再為我買一套，折騰來折騰去，媽媽拆掉了一道白邊，才叫我委委屈屈地出門了。

那個年頭，群眾的思想剛剛開始轉悠開始變壞，但也就是小壞，還帶著幾分利人利己色彩。我們街口的窨井蓋壞了，走過的人常常打一趔趄。有一天，我們鄰居就把他們單位的窨井蓋搬來了，他在汽車修理廠工作，平時對左鄰右舍沒什麼貢獻。是夜，雖然秋風漸起，他還是在自己搬來的水泥窨井蓋邊上乘了一晚上的涼。

但是，這樣的歲月不會再回來了，國營廠一家接一家地破產倒閉，永久地治癒了民間的「廠家不分」。我的那些一夜之間被下了崗的街坊在改革浪潮中真正變壞了。他們在街口擺小攤子，也把壞豬肉變成餛飩餡賣給老街坊。他們推銷莫名其妙的保健品，也跟昔日戀人天花亂墜。他們希望比鄰居更有錢，買更大的電視機，住更大的房子。而他們的孩子，不再有同一屋簷下的童年，他們穿不一樣的衣服，吃不一樣的食物，作不一樣的夢，他們在所謂個性的召喚下，狼奔豕突地各自前程。

有一天晚上，回到老家，拆遷後的家園一片狼藉，我在工地邊上轉悠了一陣，一個出來洗手的建築工人警惕地看了我好幾眼，他走的時候，沒有擰緊水龍頭，滴－答－滴－答，水的聲音在荒蕪的夜裡像是呼喊。無邊的傷感湧上心頭，我多麼希望，還能像過去那樣，在弄堂口叫一聲，誰玩老鷹捉小雞，一兩秒裡，踢踏踢踏會跑出七八個孩子，都是圓領汗衫都是星星拖鞋……

誰玩老鷹捉小雞？誰玩老鷹捉小雞？誰還玩啊？

表弟

我十五歲，表弟十四歲，一人抱兩本新買的《笑傲江湖》，天兵天將似的，飛馳回家。在弄堂口，表弟大著膽子，向美麗的鄰家大姊姊吹聲口哨，於是被開心地罵一聲小阿飛。

那是我記憶中最快樂的一段時光。我和表弟輪番地跟家裡申請巧立名目的各種經費，今天支援西部災區，明天幫助白血病同學，然後偷偷買來《射鵰英雄傳》買來《鹿鼎記》，包上封皮，題上《初中語文輔導叢書》。那個年代，父母剛剛被改革開放弄得心神不寧，一直沒發現我們的視力已經直線下降，還有我們的成績。

等到老師終於找上門了，父母才驚覺我們平時記誦的不是〈岳陽樓記〉，而是《九陰真經》——天之道，損有餘而補不足，是故虛勝實，不足勝有餘……於是，王熙鳳搜大觀園似的，「輔導叢書」都被充了公。

不過，事態的發展是那麼令人驚喜，父母們很快也墮落為武俠迷，他們更勤奮地來檢閱我們的書包，尋找第三第四集輔導材料，有時，為了折磨他們，我們故意把懸念在飯桌上透露出來。這樣，大人最終妥協了，他們自暴自棄地向我們低頭，要求看第四本《天龍八部》。

同時，表弟日復一日地醉心於武俠，他花了很多力氣，得到一件府綢白色燈籠褲，他穿著這條燈籠褲上學，睡覺，起早貪黑地在院子裡擺馬步、蹬腿，並且跟電視劇裡的霍元甲、陳真一樣，一邊發出嗨哈嗨哈的聲音，天天把外婆從睡夢中嚇醒。那陣子，在他的班級裡，他暗暗地傾心了一個女同學，拐彎抹角地託人送了套《神鵰俠侶》給她，只是那個紮著馬尾的小姑娘看完書後又請人還給了他，表弟心灰意冷下來，從此更全心全意地投入武術。

他先是想練成一門輕功。縫了兩個米袋，成天綁在小腿上，睡覺的時候也不解下來。這樣過了一星期，他不無得意地跑來，輕輕一躍，坐在我的窗口，說用不了多久，他就不必從正門出入學校，他就要飛起來了。可如此一個月，他還是飛不過學校圍牆。後來，經人介紹，他去拜了一個「武林高手」為師，拿了家裡一個月的糧票去孝敬師傅，卻沮喪地得知，十四歲，對於練武功，太遲了。

不過表弟沒氣餒，他開始研究黃藥師的桃花島，研究《易經》和奇門遁甲術，但那顯然太難了。第二天，他宣布他開始寫長篇小說了，主角叫繆展鵬，繆是他自己的姓。最討厭寫作文的他居然在兩個星期裡完成了他的長篇處女作，他用空心字題寫了書名，《蕭蕭白馬行》，小說結尾，他的英雄死了，一起死的，還有一個紮馬尾的小姑娘。

平時，他喜歡說英雄應該在年輕的時候死去，喬峰那樣，「視死如歸地勇敢」。而就在那年夏天，他自己也勇敢了一回，不會游泳的他，被人激將著下了江，從此沒有回來過。

第二天，水上搜救隊才找到他，白色的布覆蓋著他，他的腳趾頭露在外面，顯得特別稚嫩，我走過去，跟從前那樣，撓了撓他的腳心，這回，他沒躲開。我的眼淚決堤而出，弟弟啊，不許走！沒有一個大俠是這麼年輕就走的！

到現在，漫漫長夜裡，我還是經常會去取一本金庸看，都是他從前讀過幾遍的書，恍惚中，我還是會聽見有人敲窗戶，「小姊姊，我們比武好不好？」作夢似的，我會自己答應自己的聲音：「好，我凌波微步。」

「降龍十八掌。」

「獨孤九劍……」

多麼孤獨的夜啊，單純的八〇年代已經走遠，心頭的江湖亦已凋零，像我表弟那樣癡迷的讀者漸漸絕跡，少年時代最燦爛的理想熄滅了。金庸老了，我們大了，是分手的時候了。

不過，或許我倒可以慶幸，表弟選擇那個明媚的夏日午後離開，心中一定還有大夢和大愛，因為那時，他身後的世界還燁燁生輝，有青山翠谷，有俠客，有神。

一間自己的浴室

洋鬼子說，他住的學生公寓有個廣告，「節約用水，同屋共浴。」說完，他哈哈大笑，但是我們沒反應，他又用中文說了一遍，我們還是沒反應。憋不住，他說，共浴，你們能想像嗎？我們都點點頭。

這又不是稀奇事。小時候，公共浴室裡，一熱水龍頭下擠一桌人都見過，兩人一起洗，那已經是改革開放的成果了。想想還挺懷念那個年代的，赤誠的人群，這裡一堆，那裡一撥，洗著洗著，先到的龍頭老大對老二說，幫我搓個背，老二心頭一喜，知道老大快洗完了，於是賣力地幫老大搓完，自己升級當老大，如此往復。這樣，洗一個澡，少說也得一個時辰。所以，那年頭沒什麼桑拿池，一兩塊錢的澡票，等於讓你桑一回拿。

當然，澡堂子裡並不總是其樂融融，吵架的也不少。特別是，擠一起洗的三四個人，先到的人歡喜燙水，合用的人喜歡涼一點的，於是老二老三沖澡的時候就會把水溫調低，老大一用，就大叫「要死！冷死忒人！」按照澡堂規矩，老大當仁不讓地把水溫調得比先前還高，老二老三老四一般忍氣吞聲，除了射出一個小李飛刀的眼神。可是，碰巧那天老二火氣大，一把上去，放出大把冷水，這就幹上了。一個把住熱水龍頭，一個把住冷水龍頭，場面頓時蔚為壯觀，周圍的人但覺這場澡是洗得值了，並不勸架。最後，工作人員出來，把水溫調到中間狀態。

不知道是不是這個眾身難調的緣故，八八年我到上海來上大學，學校澡堂是統一控溫的，因此，往澡堂方向走，迎面來個特別紅撲撲的，後面碰到的一定也都特別紅撲撲。水冷水熱，這種事情，也沒地方去投訴，所以自己跺跺腳，快點出浴完事。

跺完腳，八〇年代也完了。九〇年代初的時候，班上有不少同學去外企打工，經常還能洗了澡回來，而且，浴室都是獨用的，這樣腐朽的生活讓我們這些土鱉很眼熱，因此在憧憬未來生活的時候，首要目標就是要有一間自己的浴室。有了自己的浴室多幸福啊，再不用擔心上學校澡堂，突然發現給我們上哲學課的老師已經穿好衣服看你卸裝呢。

生活滾滾向前，大學畢業沒多久，多數的同學都有了自己的浴室。一個朋友說，當年他新婚燕爾，昏了頭，帶著老婆跑到學校後門的長風浴室，問賣票的老頭，有沒有夫妻共浴的？老頭鄙夷的目光幾乎把他毀滅，他說，當時我恨不能回家拿個結婚證書給他瞧瞧。現在好了，家裡有兩浴室，幸福的生活提前降臨了。

然而，好像不完全是這樣。有了一間自己的屋子後，莎士比亞的後代妹妹並沒有成為莎士比亞，相反，她們拆掉了自己的屋子，脫掉了自己的衣服，美女時代橫行的肉身讓我們覺得女權主義者苦苦奮鬥的那「一間屋」在當代社會成了多餘。而有了一間自己的浴室以後呢，後果更是不堪設想啊！

不相信？自從家庭浴室普及後，當代小說裡出了多少《馬拉之死》？妙齡女郎被害，血從浴室的門下流出來；少年躺在浴缸裡，水快淹沒他了……不說了，只要鏡頭對著私人浴室的門，你捂住眼睛準沒錯；相反的，公共浴室出場，你放心吃爆米花好了！

我不能武斷地說，因為私人浴室的普及，現代小說和電影多了壞人壞事，不過我可以打賭，今天你洗完澡的心情沒十年前好。

法國畫家大衛Jacques Louis David的名畫。

後來呢

坐在一起講故事。說從前，有一對戀人，愛得不行，準備結婚，為了讓訂婚儀式驚心動魄，他們一起坐了小船出海。海誓山盟完畢，男郎鄭重拿出戒指，拉過女郎纖手，可就在那一剎那，一個浪頭過來……幸運的是，男郎及時抱住了女郎；不幸的是，戒指掉進了大海。

後來呢，男郎和女郎沒有結婚，或許是那個訂婚儀式不祥；或許是其他原因。總之，他們各自東西了。一年過去，五年過去，五十年也過去了。男郎現在已經是老頭子，女郎也成了老太太。他們在鐵達尼號那樣的豪華輪上相遇，一笑泯恩仇，約好一起晚餐。

晚餐的甜蜜和惆悵我們就不說了，可是，嗯，吃著吃著，發生了一件意想不到的事情，老太太送進嘴裡一塊鯊魚肉，就在這個時候，她的牙齒咯噔了一下……

說到這裡，講故事的人賣起關子，他喝喝酒，吃吃菜，把故事擱那兒了。後來呢？後來呢！後來！！大家都憤怒了，沒見過這樣不講公德的人，故事講一半！

你們猜，老太太吃到什麼了？

戒指？不會這麼巧吧？既然你問了，那一定是！

講故事的人又點燃一枝菸，慢慢開口了：老太太牙齒一咯噔，吐出來一看，一根鯊魚骨頭。

「沒了?!」聽故事的人都氣壞了，這算什麼故事？那枚失蹤的戒指就沒下文了？老頭老太沒有重燃愛火嗎？

「就這樣。沒有下文了。」

不過，回頭想想，所有的故事最後都會結束在鯊魚骨頭上吧。卡爾維諾的《義大利童話》，公主和王子結婚以後，有一次，公主太大意，骨折了；還有一次，王子不小心，碰掉了一顆牙齒。傳奇結束，剩下的是光禿禿的人生。有一句話說得沒錯，如果小說寫得足夠長，結尾一定是：所有的人都死了。

但是，如果聽故事的人中間有一個孩子，他一定會站起來問，就算所有的人都死了，後來呢？是呀，就像一千零一夜，就像中國匣子，就像俄羅斯套娃，永恆後面總還有一天，總還有後來的。

後來呢後來後來後來呢？全世界的父母不都這樣被孩子逼得只好講同一個故事：從前有座山，山裡有座廟，廟裡有個老和尚在跟小和尚講故事，講的什麼呢？從前有座山，山裡有座廟，廟裡有個老和尚在講故事……

埃舍爾式的故事多麼讓人掃興，所以，有孩子起來反抗，重開一個故事的頭：「當地球上最後一個人坐在屋裡時，此刻響起了敲門聲。」就這兩句話，得了世界超短篇科幻小說大獎。真是激動人心，即使整個世界都死悄悄了，還是會響起，篤—篤—篤—

所以啊，只要有人問「後來呢」，總會有後來的。就像少年時候，看阿爾巴尼亞電影，片名記不起來了，裡面有個鏡頭，一個女游擊隊員，坐在鐵路邊上，準備給飢餓的孩子餵奶，可惜這個時候，火車開過來了。這鏡頭大概就幾秒鐘，不過，有個男同學不甘心，他感覺在火車開過來前，那女游擊隊員已經把衣服撩起來了。他後來就一遍遍地上電影院去看那電影，看了八次，終於，他說看清楚了，那女游擊隊員的衣服的的確確在火車開過來前撩起來了。

後來呢，後來這個男同學跑去法國學電影了，他很喜歡的一個電影手法就是，把一秒鐘最飽滿最無限地呈現出來，就像那是世界的最後一秒，或者說，最初一秒。

荷蘭的圖形藝術家Maurits Comelis Escher，擅長製造無終始、無出口的迷宮般空間與幾何構圖。

15
H68
H68

眼淚

這幾天，因為上課的需要，重新溫習了屠格涅夫的《貴族之家》，這篇小說我看過不止三遍，自覺已經記得所有的細節。不過，每次重讀，我都認真看完，一直到尾聲；而且，有時候我覺得，我這樣一遍遍地看《貴族之家》，就是為了最後這個尾聲。

在尾聲裡，拉夫列茨基找到了莉莎隱居的修道院，看到了她，她從他身邊走過，「邁著修女的那種均勻、急促而又恭順的步伐走了過去，而且沒有朝他望一眼；只是朝著他那一邊的那隻眼睛，睫毛微微顫動了一下。」

我再看了一遍，「睫毛微微顫動了一下，」是的，就是「睫毛微微顫動了一下」，沒提到「眼淚」，或者「淚光」，小說就此結尾。可是，為什麼，在我的記憶裡，頑固地留著這樣一個結尾：莉莎走過拉夫烈茨基身邊，她睫毛上的淚光閃了一下。

我不甘心，讓俄語系的朋友幫我查了原著，的確，屠格涅夫沒提到眼淚。突然之間，我覺得無比沮喪，好像屠格涅夫欺騙了我，好像我的青春背叛了我。在我的青春閱讀裡，那些眼淚一定是存在過的，那樣的愛情，怎麼可能沒有眼淚？

一九二六年，班雅明（Walter Benjamin）從賴希那裡得知，阿絲婭拉希斯（Asja Lacis）因精神失常住進了療養院，班雅明無法掩飾自己的焦急，他愛這個女人，非常，非常，非常愛。他急忙設法弄到了去蘇聯的寶貴簽證，心急如焚地跳上了北上的火車。他們相遇的激情都留在《莫斯科日記》裡了，兩個月很快過去，他和阿絲婭告別，站在街道中央，他再一次抓住她的手放在唇邊。她站在風雪裡揮手，很久，揮著手。他也在雪橇上揮手。最後，她轉過身，不見了。他抱著大箱子，向火車站趕，「暮色沉沉，滿臉是淚。」

一九四六年，張愛玲和胡蘭成在溫州分手，上船那天，下著雨，後來她給他寫信：「那天船將開時，你回岸上去了，我一人雨中撐傘在船舷邊，對著滔滔黃浪，佇立涕泣久之。」

一九五三年，蔣碧薇去中山堂看畫展，簽好名抬頭，竟見到孫多慈。二十多年情仇已泯，蔣碧薇先開了口，悲鴻已經在北京病逝。「孫聞之臉色大變，眼淚奪眶而出。」

也是五〇年代，王蒙寫〈組織部來了個年輕人〉，二十二歲的林震向二十三歲的趙慧文這樣表達愛情：「趙慧文同志，我很想知道，你是否幸福。我看見過你的眼淚，在劉世吾的辦公室，那時候春天剛來……」

可是，即便所有的愛情裡都有眼淚，我還是沮喪，《貴族之家》的結尾，沒有淚光。百無聊賴，我打電話給一個朋友，告訴她最近重讀了屠格涅夫，她問我，是《貴族之家》嗎？我剛說完是，她就非常興奮地往下說了：「啊，我也最喜歡這篇！最後的結尾真叫人難忘！拉夫烈茨基終於在僻遠的修道院找到了莉莎，她從一個唱詩班席位去另一個唱詩班席位的時候，從他身邊走過，沒有朝他望一眼，但是，她的睫毛微微顫動了一下，一顆眼淚滴在手裡的念珠上。」

電話掛了以後，我還沒回過神來。多麼奇妙啊，就像屠格涅夫自己說的，當時我們想過些什麼，有什麼感覺？誰知道？誰能說得出呢？人生中有這麼一些短暫的瞬間，有這麼一些感情……對這些，只能點到為止，——就不要刨根問底了吧。

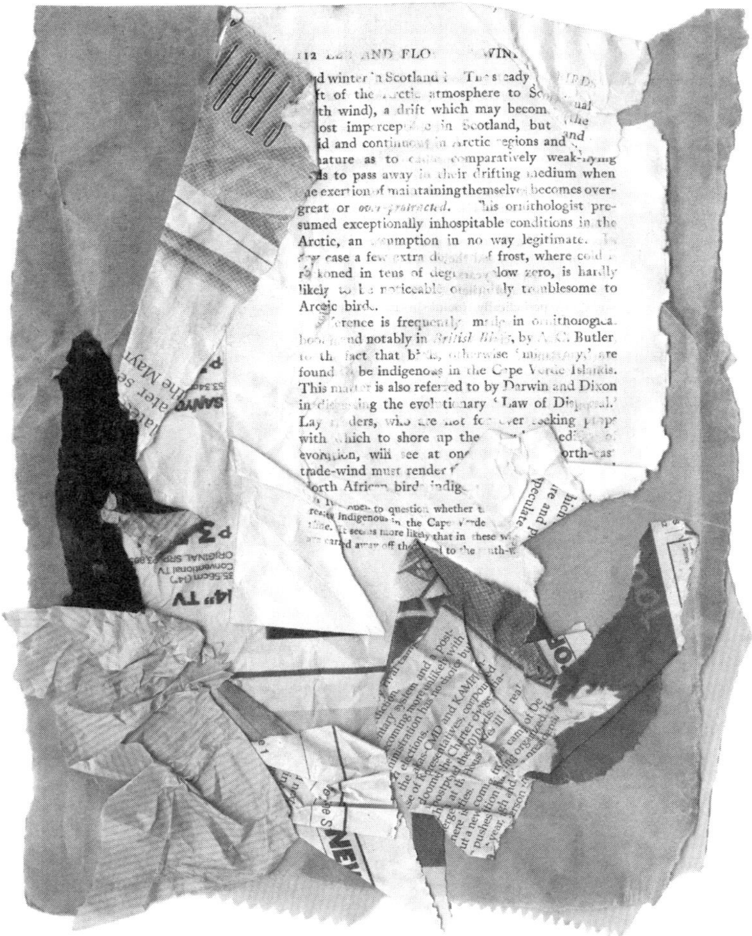
112
winter in Scotland
atmosphere to
wind), a drift which may becom
Scotland, but
and continu
comparatively weak-flying
to pass away
drifting medium when
becomes over-
great or
his ornithologist pre-
sumed exceptionally inhospitable conditions in the
Arctic, an
in no way legitimate.
case a few extra
frost, where cold
in tens of
low zero, is hardly
likely
troublesome to
Arctic birds.
ference is frequently made in
notably in
by
Butler,
fact that birds, otherwise
found
be indigenous in the Cape Verde Islands.
This matter is also referred to by Darwin and Dixon
in discussing the evolutionary 'Law of Dispersal.'
Lay
ders, who are not
with
hich to shore up the
evolution, will see at one
orth-east
trade-wind must render
orth African birds indig
open to question whether
indigenous in the Cape Verde
It seems more likely that in these
14" TV

跟譚帕兒講我們大陸的童年大陸的青春，她聽得目瞪口呆。她是香港長大的，從沒聽說過糧票肉票布票這些物事。於是，我倚老賣老。

「看過手抄本嗎？」沒看過，那就沒指望成作家嘍。八〇年代，馬原到我們學校來講座，最好年紀的作者碰上了最好年紀的讀者，一個大禮堂坐得水漫金山，馬原在格非的陪同下，毛主席一樣走進教室，讓路的學生唰一下又把來路封住。馬原講啊講，禮堂一直是那麼安靜，偶爾的咳嗽聲也迅速被別人的眼光吞沒。

演講完畢，馬原繼續被包圍在講台上。一小時後，他從教室裡突圍出來，後面還尾隨著一支游擊隊。終於，就剩下散兵游勇了，且多是文學社團的人，於是落座破爛的學校茶室。還沒坐穩，便有人問，要寫多少篇小說才能成為小說家？馬原反問，幾歲看的手抄本？幾歲手淫？大家只覺得自己的耳朵出問題了，紛紛落馬。然而，有人破繭而出，說，我，我十歲。馬原看看他，說，那沒希望了，我五歲。

那個站起來說「我，我十歲」的同學，現在已經是著名的小說家。不知道是不是馬原的那句「沒希望」激勵了他，還是，他當年破繭的剎那決定了他後來的道路？這些，沒有人說得清楚了，如同今天回首千真萬確的八〇年代，所有的細節都像是捏造。

所以，譚帕兒隔三岔五打斷我，說不可能，你還見過「四人幫」？怎麼不可能！電視上見的。公審「四人幫」當年是我國政治生活的頭等大事，也是我個人成長史上的大事，雖然我們這代人對文革其實沒什麼記憶。

要公審「四人幫」了，全國人民都激動壞了，那一段時間，長輩親戚聚在一起，個個中了彩票似的。有一回，父親豁出去了似的，說：「那就自己買一台電視機！」我從床上跳起來，天哪，家裡要買電視機了！但是媽媽馬上潑了冷水，電視機四五百塊一台，以後日子不過了？再說，得到上海去買，來回路費又不少。我一下子被放了氣，想想也是，家裡怎麼買得起電視機？

左鄰右舍都沒有電視機，公審「四人幫」的日子倒越來越近了，每天飯後，大人們更熱切地商量，買，還是不買？後來，我們家，阿姨家，外婆家合在一起，買了一台黑白小電視。電視機運到家裡的情景我沒法描述了，當時的幸福和歡樂至今還在筆端，表弟一直在地上打滾，父母也荒唐地允許我蹺課在家，我們等在家裡，等著那黑色的電器把我們征服。十多個大人圍著電視機調試頻道，我們看著嚓嚓嚓的雪花，直覺得外婆家就是人間仙境。

有了電視機後，外婆家的人流量晚晚都在二十人以上。六點以後，生活中最隆重的儀式開始，外婆拿著鑰匙打開電視機箱，然後有自告奮勇的上來捧著天線，按頻道的需要轉換身體的角度，常常，就在難度係數達到臨界時，螢幕上的雪花消失了，於是，那人便只好側著身子不動，直到實在撐不住，換個人捧天線，但是這樣，雪花又多了。

譚帕兒於是很嚮往，唉，真想見見雪花紛飛的黑白電視，你們家的第一代電視還在嗎？不在了，改革開放後就被淘汰了。

不過，有一天，跟朋友回憶童年，她說那時，我經常上她家看電視，我說不可能，我自己家裡有，她說她姊姊可以作證。有一剎那，我對自己發生了懷疑，難道，家裡的那一台電視機，是我想像出來的？就像毛姆說的，他記得，大象經常從他童年的法國街道上走過，但是人人都說他撒謊。他悲傷，沒有人可以為他作證。

是悲傷，最能夠為我作證的表弟已經不在人間。

這麼多水 離家這麼近

樓下有個髮廊，小姐長年累月穿得清涼，我們抱著兒子在巷子裡遛躂，冬天我們穿棉襖，她們卻白花花的肉身裂帛，兒子就說，阿姨老面皮，不穿衣服。

好在，夏天來了，髮廊小姐一定歡喜這麼熱的夏天吧，全國人民都穿泳裝，髮廊小姐也就成了芸芸眾生，成了鄰家女孩。以前，那些髮廊都關著門開著空調，四五個女孩一字排開，一個塗指甲油，一個吃頭髮，另外兩三個玩著牌，隔著玻璃門望去，她們青春的身體像散亂的麻將牌，既是邀請，也是警告，但現在情形完全不一樣了。

多麼好的夏天，髮廊小姐趿雙涼拖鞋拿把桃花扇坐到屋簷下來，她們把手擱在旁邊水果攤的西瓜上，路人走過，對著她們問，「老闆娘，西瓜哪兒能買？」她們唧唧呱呱地笑，也不否認，只積極地對著裡屋喊，老闆娘，生意來了！幾天下來，原來不怎麼搭理她們的水果攤真正老闆娘倒喜歡上她們了，尤其是生意忙的時候，她們幫著稱這稱那，而且，對水果攤老闆，竟是一點輕浮舉動都沒有，所以，星空下，她們坐在一起，比著衣服料子比著腿腳長短比著皮膚黑白，倒像多年姊妹淘，反而顯得一旁的老闆被排擠了，落寞地狠狠吃著西瓜，但他臉上浮著笑容。

這笑容一會兒就被打亂了。髮廊裡突然傳出一個聲音，「阿蘭，洗頭。」老闆娘回頭看看牆上的鐘，他們水果攤要收攤了，隔壁髮廊生意開始，一下子，弄堂裡非常安靜，彼此有些尷尬，好在天空適時地打出一個雷，雨點同時落了下來，打烊嘍打烊嘍！

我曾經很仔細地觀察過那個叫阿蘭的姑娘，我們保安叫她鄧麗君，仔細看，臉型和嘴真有點像，而且，她喜歡唱歌，一邊吃冰淇淋一邊還唱〈我只在乎你〉，路邊的小流氓對她吹口哨使眼風，她不像其他幾個劈裡啪啦一串罵，她還是好心情地笑，後來和水果店混熟了，倒是老闆娘有時還幫她出頭，碰到保安一類的調戲她，老闆娘山高水長地罵得保安一路逃竄，幾個女孩子就在後面笑，那時候，她們就是天真的需要保護的好女孩。

好女孩還是出事了。晚上回家，救護車從小區門口開走，我還沒問，保安已經回答，鄧麗君。我問怎麼回事，保安指指對面水果攤，水果攤已經收攤，門口站著一些人。我不好意思再問，想著我們家阿姨一定知道，而且，好像本事也一目了然：水果老闆和鄧麗君出狀況了，然後水果老闆娘就開殺戒。

但我們家阿姨的版本卻一點愛恨情仇沒有，老闆進貨回家，發現六歲的兒子一個人看攤，老婆放著生意不做，卻在「下三濫」的地方打牌，而且，旁邊還有一個「垃圾癟三緊緊挨著我老婆坐著」，怪只怪天氣太熱，燒得人脾氣火旺，後來事情我們阿姨講不清楚，總之，老闆娘跌破一小塊頭皮，阿蘭流了很多血，因為握住了一把水果刀，但性命不要緊。

水果店關了兩天又開了，阿蘭也回到了髮廊，就是手上纏著雪白紗布，但那幾個女孩不再到外面乘涼，上海是天天高溫，天天午後一場大雷雨，雷聲大，雨點大，弄堂排水系統不好，一會就積了水，每次我蹚著水接兒子從幼稚園回來，隔著玻璃門，總看到她們空洞地在看雨，每次，我都會想到瑞蒙·卡佛的一篇小說名字，這麼多水離家這麼近。

我以前寫作文，喜歡描寫父親眷戀母親，母親崇拜父親的情景，覺得那樣很羅曼蒂克，當然，更主要是因為他們之間的關係不是這樣。

媽媽總是用很高的聲音跟爸爸說話，而且他們彼此都連名帶姓地稱呼對方，在我印象裡，爸爸也從來沒有為媽媽買過一件衣服，他去出差，給媽媽寫信，內容沒有一點兒童不宜，媽媽也從來不精心保存他的信，她把信往桌上一丟，說一句，沒事寫什麼信，然後繼續織她的毛衣。所以，我和姊姊從小斷定，他們不是因為愛情結婚。

後來我上大學，寢室裡談起父母，發現我們這一代的父母都是這樣，住我下鋪的小馬甚至羨慕我，說你多幸福，你父母還寫寫信，我爸媽都很少說話，吵個架得到過年才有和好機會。當年居住條件差，十平方米住一家四五口，父母鬧彆扭，他爹就住學校去了。所以，我們大致相信，家裡的幾個孩子，就是父母一輩子的情愛生活。我們對門音樂系的胖妞，成年以後一直對父母心懷內疚，因為她五歲那年一次半夜醒來，發現父母糾纏一起，嚇得大叫，從此她媽就跟她睡，她爹睡上鋪，如此睡到改革開放，她自己也就比較罕見地在我們這一代中成了獨生子女。

胖妞要補償她的父母，想法也跟我們大家差不多，她拚命賺錢，給父母買了大房子，但結果也跟我們父母一樣，搬進新房子，父母一人一間臥室，一人一台電視，我看我的清宮劇，你瞧你的世界盃。爸爸在世界盃廣告時間到媽媽臥室串門，看慈禧太后在談戀愛，媽媽還淚光閃閃的，說一句「瞎三話四」，媽媽就叫爸爸站遠點，說他熱氣騰騰的把室溫都升高了，但我兒子熱氣騰騰地撲進她懷裡，髒兮兮地滾她一身汗，她都是蜜蜜甜的笑。她燒一碟小黃魚，爸爸都吃了，她就跟我姊抱怨說老頭子不想著她，可我姊的小孩全吃了，她就眉開眼笑的，跟我姊彙報孩子懂事了知道不剩菜。

去年，媽媽生病動手術，先瘦了一圈的倒是爸爸，但是媽媽出院以後，他也不知道如何照顧媽媽，菜還是媽媽買，飯還是媽媽燒，姊姊看不過，給他們請鐘點工，但沒幾天就讓媽給辭了。有時候我們恨鐵不成鋼地問媽媽，難道你自己不知道享福？她就說，你爸爸也可憐，三歲就沒娘。聽上去好像沒邏輯，但回頭想想，我們父母這一代，所有的感情大概就在買菜做飯上了。

最近看到孔明珠的《孔娘子廚房》，更是印證了這個想法。明珠姊姊雖然不是我父母那一代人，名門之後，原屬董橋筆下一類人物，但她喜歡廚房，甘心情願把青春和美貌付在竈台上。坐下來，讓我們慢慢讀她的菜譜，昂刺魚和春筍，草頭菜飯老鴨湯，春夏秋冬似乎也就是毛豆煮煮蝦蒸蒸，她筆墨乾淨並不油煙，但看完卻讓我們憑空地嫉妒她：這個女人，一定是嫁得太好了，否則，一個家常蠶豆怎麼有如許花頭，還能想到男人的劍眉？

晚上，老公坐沙發上看孔娘子菜譜，久不釋卷，我心一慌，想著這麼多年來，我們一直試圖逃離父母輩的形式，卻是不知不覺在走近它；還是，這千年月色，終究要穿過玫瑰花瓶，落在自家的飯桌上？

年貨

學校快放假了，系裡照例組織我們吃年終飯，順便發放年終獎。領導說，年貨不發，折成現金了。大家也高興，免得一人一桶芝麻油，兩箱大蘋果，三袋東北米，抬都抬不動。回到家，門房打招呼：「年貨還沒發？」我把領導的話跟他轉達了一下。他歎一口氣，說現在過年真是一點也不鬧猛，早些年，大樓裡的人家，一戶一戶年貨拎回來，我們看看也高興。

老頭吐一口煙，落寞地縮在飯鍋似的籐椅裡，我想跟他搭訕幾句，但似乎也沒什麼話說，電梯來了，便匆匆和他道了再見，隱約中，似乎聽見他在問另一個住戶：「年貨還沒發？」我想他一定又失望了，現在真是很少有單位再像以前那樣發年貨了。

在那些憑票供貨的年頭，發年貨構成了我們最喧鬧的成長記憶。我至今記得有一年，我母親單位發黃魚，因為那個時代的黃魚的確是野生的，長短胖瘦都差很多，所以需要抽籤決定。我代表我母親抽到了一列黃魚中最胖的一條，一路，我拎著那大黃魚回家，繞路讓街坊鄰居都觀瞻了一下，那種凱旋感在以後的歲月裡再也沒有重歷過。

後來生活慢慢好起來，年貨也越發越多，也沒人在意誰的雞大誰的鴨小，反正豬肉魚肉都差不多味道。不過，雞唱鴨跳的，畢竟折騰出一派過年的氣氛。再後來，大概有人嫌四畜五禽的太麻煩，畢竟，在高等學府裡氣急敗壞地追捕一隻脫網的母雞實在有失體面，就改成發潤膚露發植物油什麼的了。再後來，就變成了發購物券。如此，發年貨成了記憶。

網上看到一段順口溜：解放那年是炸麵權充肉包子，五〇年代有肉就是好日子，六〇年代人民公社大鍋子，七〇年代雞鴨魚肉憑票子，八〇年代市場繁榮了菜籃子，九〇年代山珍海味小樂子，新千年滿漢全席擺桌子。日子好像是蒸蒸日上了，但是過去年代的歡樂卻也越來越稀罕了。帕斯說得對，誰在平時穿著節日的衣服，誰在節日就沒有衣服穿。

不過，年還是要過，新年的氣氛還得大家勉力去營造，地鐵裡，一溜排廣告說，玩彩鈴，過大年。我是初級階段的手機用戶，請教時髦朋友，才知道彩鈴已經發展到呼風喚雨的地步，比如說吧，新年如果嫌冷清，可以叫手機劈哩啪啦放鞭炮；還嫌冷清，彩鈴會隔三

指手機的來電答鈴功能。

岔五跟你問候「豬呀，豬年了呀！」而且呀，我那時髦朋友不懷好意地溜了我一眼，說，看過《滿城盡帶黃金甲》了吧？我承認。電影讓你印象最深刻的是什麼？團體操。黃金乳。朋友一副「算你有福」狀，傳授最近的高端發明：彩鈴豐胸。機不可失，春節最宜。絕對不是法輪功，新一代彩鈴能利用聲波達到張藝謀的宮女標準：波濤洶湧。

我看看自己的手機，想著人類可以在這個冷冰冰的東西裡呼喚出無限的可能性，的確是到了人定勝天的地步。照這個思路，我想也可以為我們的門房老頭設計一款彩鈴，不停叫：鏗鏗鏘，鏗鏗鏘，發雞發鴨發牛羊，豬年年貨就是靚！

輯六 跳呀跳呀

狂歡節，失物招領處的孩子和家長，也是人山人海。然後，一個年輕的父親尷尬地走到管理員那裡說，能不能請你廣播一下，請大寶到門口來，老實講，這麼多孩子，我認不出自己小孩了。

離了再結，結了再離

我在一家小報上讀到這個社會新聞，說實在，我有點疑心這消息的真實，雖然大都會的孩子可能都穿得跟米老鼠似的，但是，高矮相貌不會都跟肯德雞一樣啊；再說了，這年頭，候選假新聞獎也是吸引眼球的事情。我就知道，上海最著名的專欄作家小寶先生，當年若不是受「潛水門」牽累，現在早執掌滬上傳媒了。小寶先生當年的潛水門事件，沒聽說過？那個事情鬧得大啊。前後經過太複雜，簡而言之，年輕的小寶試圖追查中國的盜版業巨頭，一路劈荊斬棘，但線索到一艘軍用潛水艇那裡就停滯了，整個報導最後以「假新聞」定性，至於小寶，回到民間，以毒攻毒，成了堅定的盜版支持者。

周圍有小寶這樣的朋友，大家多少都有點玩世不恭，因此，飯桌上聽說，在城市化的滾滾濃煙中，農民兄弟學會的第一件事，是離婚，結婚，再離，再結。大家哈哈笑過，當是段子，卻不料站出一個人來，說，這是真的，就發生在他們家鄉，《21世紀經濟報導》也詳細盤點了。

生活高於小說啊。一家七口，除了小孩，其餘六個全部離婚，全部再婚，然後再離，再結。三代同離同結，九十歲的老翁，還是子女背著到民政所去的，然後，再背著到隔壁的結婚登記處和陌生人結婚。

從二○○五年底到今年二月，重慶高新區人和街道那個忙啊！原來一天最多兩三宗婚姻登記，現在是一天一百多對，九點上班，五點就有人排隊，跟上海美領館門口的隊伍一樣長。婚姻當事人那真個叫傳奇了，楊振寧模式在當地根本不算什麼，周杰倫配香港小甜甜也多得是，反正一句話，趕著在政策變卦前把婚離了，再把婚結了。所以，重慶街道上，面對面走過的一男一女，雖然是剛離婚的夫妻，但彼此已經不記得了。

哎呀呀，農民兄弟的素質不能這麼低啊，為了在國家徵地過程中占便宜，不惜拿幾十年的婚姻開玩笑；而且，一個離婚家庭，通過一系列的婚姻變更，也就多賺幾萬塊錢。愛情何在？親情何在？以後還拿什麼來教育下一代？——聽到這樣的政策教育，全體農民兄弟一個字，呸！

這裡是以香港女富豪龔如心（1936-2007）的稱號與形象作譬喻。

呸！原來我們日子過得好好的，一天兩擔菜，賺一百多元，一九九六年在重慶就是小康了，現在好了，說是農轉非了，但沒有土地，沒有文憑，以後靠什麼活啊？變成城市潑皮是一條路，全家自殺是一條路，還有第三條路嗎？

在中國，流傳著很多前蘇聯的笑話。有一個說，蘇聯的偷盜現象十分嚴重，人民很是不滿。課堂上，就有一個孩子舉手，老師老師，什麼時候才能消滅偷盜現象呢？老師看了看蒼白的天空，說，到共產主義就能消滅偷盜現象了，因為在社會主義一切都被偷光了。——按照這個思路，中國農民是馬上就要過上共產主義的日子了。

車子過南丹路的時候，就堵住了，司機罵了一句，「媽的，到現在還沒跳下來！神經病！」

全車廂的人都擁到左側窗口看，果然，高樓上影影綽綽有一個人，一條腿掛在外面，乘風涼似的。底下，圍觀的人群足夠張藝謀拍兵馬俑了，個個神情剛出土樣，憋死了。於是，公車司機清清嗓子權威報導，我上午九點打這裡開過，消防隊就等在下面準備接人了，到現在快十個鐘頭了，還沒跳下來，看來不是存心要死的。

車子慢慢往前挪，就有乘客發表意見說，是不是搞錯了，人家不過是坐在窗台上。司機看他一眼，拋要聞，「可能哦？聽講迪個神經病衣裳還沒穿。」唰的一下，落座了的乘客又擁到左側，一個中老年乘客幾乎是撲到我懷裡來了。但是，天夜了，看不清，就有聲音歎息道：「現在跳下來就好了。」

車廂裡雖然沒人附和，可也沒人反對。我想起我的鄰居，有一天跑來敲敲門，說，我姆媽過世了。聽得出來，她有些高興，因為她媽媽臥床幾年，老在床上呻吟。後來跑下樓去，我們門衛也樂呵呵的，說，老太婆終於死忒了，這下你們樓面清靜了。

回家跟保姆講起南丹路的事情，她抱起小孩就要往夜色裡衝，相信自己會比我有眼福。我勸不住，只好讓她一個人去。看著她在門口又叫上了保安，我突然有點想笑。這個世界真是奇妙啊！這當然不再是華老栓買人血饅頭的時代了，大都會也不能說麻木不仁，否則全國各地的乞丐不會民工一樣地湧來，年輕的白領都還願意把自己的零錢布施給貧窮的人，但是，為什麼茫茫人海，沒有聲音向高樓上的自殺者呼籲，不要跳！

不過，我想剛開始的時候，一定是有人叫不要跳不要跳的，可是，一個小時過去了二個小時過去了，七八九個小時後，大家失去耐心失去良心了，就叫跳吧跳吧，就像段子裡講的，很多年前，天空是藍的，豬是慢慢長的，耗子是怕貓的，壞人是怕好人的，法庭是講道理的，結婚是先談戀愛的，理髮店是只管理髮的，醫院是救死扶傷的，拍電影是毋須陪領導睡覺的，照相是要穿衣服的，欠人錢是要還的，孩子的爸爸是明確的，學校是不圖掙錢的，庸人是不能當領導的，白癡是不能當教授的，萬事萬物都是有操守的。

魯迅小說〈藥〉中的人物。人血饅頭則是以清末民主革命犧牲者的鮮血做成。

可現在不這樣了，學校得規定「中小學教師嚴禁姦污猥褻女生」；公務員得知道「嚴禁用公款打麻將」；海關總署說「海關官員不得庇護走私」；司機得再三關照「嚴禁酒後駕車」；醫院要通知說「嚴禁銷售假藥，嚴禁向患者索要紅包」；而最近，更有一〇九位名教授聯合簽名，倡議教師不要抄襲，不要剽竊，不要搞學術腐敗。斯文掃地雖然早不是一年兩年的事，但墮落到今天這個地步是連Common Sense也保不住了。

《塊肉餘生記》看到第十四章，總是特別感動，主角大衛的姑婆面對卑酷的大衛繼父，問她的朋友狄克先生該不該讓大衛繼父領走孩子，狄克先生否決了，姑婆激動地：「Give me your hand, for your common sense is invaluable.」這個常識，當年是應對壞人用的，現在，連好人都快保不住了。

一次一個頭

中國人到美國轉一圈，回來樂壞了，美國人真ＴＭＤ搞笑，大量的產品使用說明到了匪夷所思的地步。

從上飛機開始樂起，航空公司的堅果包裝袋上寫著：「食用說明：打開包裝袋，然後食用。」下飛機，賓館住定，沐浴完畢，又笑出一身汗，因為人家的香皂說，「如一般香皂使用」；浴帽說，「一次一個頭」；吹風機說，「不要在睡覺的時候使用」。

上街走走，那就更心曠神怡了，甜麵包圈大呼小叫地，「入嘴小心！如果您加熱食用，我會很燙耶！」相反的，一些冷凍食品就老練持重，「建議：化凍後食用。」

所以，我們中國人覺得美國是個神經兮兮的世界，熨斗上要寫，「穿在身上的衣服不要燙。」嬰兒車得說明，「折疊嬰兒車前，先把嬰兒抱出來。」兒童止咳藥一定提示，「服藥後不能開車，也不能操作重型機械。」仿超人的服裝必須強調，「穿上這件衣服也不會讓你飛起來。」

這樣，回頭來看我們中華文明，的確有進化的感覺啊。京城都會的咱就不說了，說個偏僻的，成都龍池鎮，鎮政府為龍池景區的猴子們制定了「禮貌山猴行為準則」：不許不禮貌，做到文明待客；不許哄搶遊客，做到彬彬有禮；不許騷擾遊客，尤其是女遊客；要助人為樂。

外國人看到這樣的「山猴準則」肯定就傾倒了，天啊，中國猴尚且如此，中國人還不知道怎樣了呢？告訴你，叫你不服不行！《江蘇省暫住人口管理條例》規定，「嚴禁無婚姻證明的男女混住在一起」。所以，在江蘇，父女、母子、兄妹這些社會關係要一起過日子的，自己想辦法吧。當然，要打造無比純情的城市，這才是第一步。接下來，一二三，起步走，但是，聽好口令，「不按規定走路方式走路的要挨罰。」——這是四川出台的一項交通法規，《行人十二種走路方式要挨罰》，比如橫過沒有人行橫道的機動車道時，不直行通過，或在車輛臨近時突然加速橫穿、中途倒退、折返；未實行交通管制的路段，在道路上通行每橫列超過二人通通要罰。

行人管好了，下一步輪到警察自己了，這叫一視同仁。「腰圍超過二呎七吋的在編民警將全部下崗！」這是哈爾濱市公安局巡防支隊發布的一項瘦身命令。用句濫得不能再濫的廣告，這些纖腰的民警將會織成一道「多麼亮麗的風景線」，從此，城市的美學風尚將徹底揮別腰寬膀圓的魯智深李逵，悄悄的，我走了，正如我悄悄的來。

嘿嘿，現代男人不容易啊！終於熬出一個官來，文件又規定，「不准為男領導配女祕書」，沒辦法，火中取栗，要求「考女公務員，乳房要對稱」，但被全國人民取笑了半年，嗚呼蒸發。實在憋死了，上海最近如火如荼地推出一個男人選秀，萊卡冠名的，叫「加油！好男兒」。本來，男色就和女色一樣自然，春光乍洩顛倒人間，亦是花樣的，花樣的年華。但是上海弄出來的超男秀場，表面上尋尋覓覓的是成龍大哥，集合起來的隊伍卻眼神迷離，身材可愛，我親眼看到一個「清純之極」的男生，對著鏡頭撒嬌，「你看到過像我這樣可愛的男人嗎？」

上帝保佑，我兒子長大以後要是這樣，我肯定不讓他出門。

帶Brass回家

今年高考普及了一個新詞：願景。天津語文卷拿這兩字當了作文題，引得人民群眾一片喧譁，因為從來沒聽說過這玩意，調查下來，還是連戰惹的禍，他到大陸來，演講裡用到「願景」，大陸出於禮貌，也「願景」了一下，政治交歡，詞語升天。不過呢，「願景」的真正普及，還得歸功於廣大考生的想像力。

高考不久，《願景大全》跟《葵花寶典》似的，掀起了網路風雲，實在講，要「大全」不紅也難。請看考生願景篇：

「有人說人生有三大恨事：一恨鯽魚多刺，二恨海棠無香。第三恨我忘了，不過我想，第三恨應該是：恨願景泡湯。」

「雖然司馬遷遭受了一次又一次宮刑，但是因為心懷願景，不孝有三，無後為大，他忍辱負重寫下了《史記》。」

這些難忘的願景，本來以為是網上編的，後來看了中央電視台的青年歌手大獎賽綜合知識問答，感覺是真的。主持人問選手，「一日不見」的下一句是什麼？有著美妙歌喉的年輕人抓耳撓腮，擠出三個字：好想你。觀眾席哄堂大笑，選手也風度很好地笑笑。所以，調查資料顯示，青歌賽的收視率已經趕上了春節晚會，其中收視率最高的部分，不是選手唱歌而是綜合知識問答環節。互聯網上，點擊率最高的也是選手的爆笑答問：影片《莫札特》中，莫札特彈的是電子琴。

青歌賽呢，落幕了，接下來就是藝術家教育家的事，紙上網上都有很多沉重的思考，中國青年怎麼了？貧血的藝人能走多遠？我在大學裡任教，這些擔憂全部感同身受，有一回考試，一個學生把「魯迅」寫成「魯達」，卷子發下去，他來跟我交涉，要求給一半分數，因為寫對一大半。我後來把這事當二十年目睹之怪現狀講給同事聽，他們卻不驚訝，笑我畢竟剛做老師。

但是，看了幾場青歌賽知識問答，我卻覺得，我們不能光在年輕人身上集中火力進行檢討，看看央視出的考題吧！比如下面這個選擇題：下列關於成語「如法炮製」的解釋中，正確的是：A.根據已有的辦法加工藥材，比喻照樣處理；B.根據已有的辦法製造大炮，比喻不思進取；C.像先進的法國人那樣製造大炮，比喻放眼世界。當然，沒有什麼懸念，歌手不負眾望地選了C。台下笑，主持人笑，評委余秋雨笑，收視率笑，我相信出題的一定也在笑：嘿嘿，果然！

什麼樣的樹林結什麼樣的果子，那天走過學校後門盜版店，大家探頭探腦的，老闆娘看我們鬼祟，拿出一大摞色情電影，說，有剛到的Tinto Brass，我們一群人有男有女，彼此不好意思，便沒搭理她。老闆娘畢竟是老闆娘啊，三言兩語解放了我們：「你們學校的一個副校長一直在我這裡買片子的，還有你們中文系的那個陳博導買起來也是十張廿張的。」

哈哈笑過，我們每人帶了套Brass回家。

義大利電影導演，作品多以情色題材為主。

去國多年的同窗回來，四瓶五糧液下去，個個都覺得是在自己家裡喝了，彼此亂勸，沒事沒事，躺一會就好。這樣，鄰桌的喝好吃好走人，我們喝好吃好趴下，到十一點，整個飯店就剩我們一桌，一男一女兩個小招待倒沒給臉色看，站在一旁聊天。

女問男：這次回去相了幾個親？

男回答：三個，都很醜。

我們桌上也躺倒三個，也很醜，兩個還呼嚕起來。那兩個小招待就在呼嚕聲中你看我一眼，我看你一眼，然後各自盯著自己鞋子看。如此三五分鐘。

男問女：新來的廚師是你男朋友吧？

女回答：你別信他們亂說。

好像女孩子突然意識到我在偷聽他們談話，看了一眼男孩，一半側到屏風後去了，但那男孩倒突然勇敢起來，對女孩說，我相親也是沒辦法，父母逼的，以後不回老家了。女孩沒動靜。男孩又說，做服務員沒意思，明年我準備學理髮，以後幹髮廊。女孩輕輕說，你在飯店裡，跟著學廚師好了，學理髮很貴的。男孩急促地，我不幹廚師，廚師都短命。然後，又慌慌地跟女孩道歉，說，我不是，不是說你的……看不清女孩的臉色，話也聽不清，應該在說，沒關係，他和我真的沒關係。

我們的筵席說散就散，我心裡癢癢的，恨不能就幫他們表白了，然後用寶玉最初和最後的愛情誓言鎖定他們：「你放心。」然而哪裡能夠放心，我們的筵席還沒散，女孩的手機響了，她跑去窗邊接，回來以後，一直低著頭，不再和男孩說話。

我想起《戀戀風塵》，阿遠和阿雲青梅竹馬，一起到了台北，但阿遠服兵役去了，阿雲就和經常給她送來阿遠信的郵差好了。整個電影雲淡風輕，失戀的阿遠沒有一丁點狼藉的悲憤。他回到故鄉，阿公在田畦上種蕃薯，兩人話起收成，阿公的聲音亦家常不過，但是，當阿遠用經歷了傷痛的眼睛重新觀望故鄉時，我們有無限柔情湧向他，湧向他。看著飯店裡的男孩，我也情不自禁地有好感，希望他能和這個像阿雲的女服務員有結果，但是，女孩接了電話後的沉默，又讓我遲疑，難道，是家鄉的阿遠打來的？或者，男孩口中的廚師，就是家鄉的阿遠？

人生是多麼奇妙啊！看電影《戀戀風塵》，因為上來先認識了阿遠，最後我們替他難過；但是鏡頭重新來，在這個飯店裡，我們先認識了郵差和阿雲，就願意祝福他們了。納蘭性德感歎過，「人生若只如初見，何事秋風悲畫扇」，原來，這感歎還是古典的，今天看看，就算是人生初見，已經是秋風畫扇。可是，讓我們風塵戀戀的，也就在這裡了。

戀戀風塵

一個住在馬爾地夫的青年說，他媽媽結過七次婚，爸爸四次。我們驚心動魄地拿起他父母的照片看，以為會看到夢露和周潤發，但是沒有，他爸爸媽媽都胖嘟嘟的，跟我們的父母一樣平常。「住在馬爾地夫，生活實在太平靜了，只有結婚離婚的自己跟自己玩玩。」

在中國，不流行玩結婚離婚，我們玩其他。讓我想想，我們都玩過什麼，我們玩過大躍進，我們玩過大串聯，我們玩過大遊行；後來，後來我們玩全盤西化，玩瘋狂英語，玩出國留學；再後來，我們玩美金玩股票玩樓盤；然後，我們玩上海寶貝玩木子美玩芙蓉姊姊；都玩完了，正百無聊賴，《超級女聲》出來了。

真是好玩，評委的刻薄，ＰＫ的殘酷，超女的眼淚，讓我們重新回到電視機前，像二十年前看《上海灘》那樣，趕著廣告時間上個廁所，電話鈴響也沒人去接，我們瘋了。沒錯，我們瘋了，為了一個素未謀面的女孩，我們和朋友吵架和戀人分手；一個月四星期，每個週末我們趕到長沙，熊貓眼圈有什麼關係，只要親愛的超女看到了我揮舞的螢光棒；再也不會有這樣的體力了，戀愛時候也不曾如此狂熱，手頭已經積攢了幾百個手機號，這個月的短信花了上千元，不過，和我們老闆比起來，只不過滄海一粟啊。

很久沒過集體生活了，所以，拜託，左派的知識分子，不要跟我講資本主義的竊笑，我知道在我發短信在我買「蒙牛酸酸乳」的時候，有人數錢數得抽風了；右派的知識分子，也請不要嘲弄我們小民的快樂，本來我就不是為了民主要鎖定湖南衛視；大師們，其實我比你們對現實更絕望，更相信天下烏鴉一般黑，相信所有的黑幕都不是空穴來風，可是，就讓我在黑暗中跳舞吧，讓我沒事偷著樂一回吧。說實在，我還真看不出來，三個月來，你們不斷把超女的真相訴諸人間，可「玉米」地裡何曾有一天荒蕪？哪一個「筆迷」投筆從戎了？哪一碗「涼粉」真的涼了下來？

行了行了，你們都看見了，民主政治不會因此出現，市民社會只是虛妄命名，還有，還有什麼來著，對了，公共空間，庶民勝利，等等，等等，全部像外來名詞一樣，掐不到這個事件的七寸。你們都站著說話，手裡沒有螢光棒，不管是紀敏佳被PK掉，還是何潔被淘汰，或是張靚穎受冷落，你們都無所謂，沒有真心捲入愛情，你們怎麼可以說，當事人只是因為金錢才相愛？不在這個事件中纏綿過，怎麼知道最後一晚的傷害有多麼深？

即簡訊。

「玉米」、「筆迷」「涼粉」分別為李宇春、周筆暢、張靚穎支持者的暱稱。

讓我來說一下庶民的感覺吧。在這個史無前例的群眾運動中，我們或早或晚地被捲入其中，很快，我們在龐大的粉絲隊伍中，辨認出同志和戰友。瓦雷里在〈風靈〉裡寫「無影也無蹤，換內衣露胸，兩件一剎那」，這一剎那的輕快，微妙和甜蜜，描繪的就是我們粉絲交換眼神時的快樂。其實，粉絲這個詞，已經不足以涵蓋所有的超級女聲觀眾，我們坐在電視機前，驚喜地發現：呀，原來我的口味還是和很多人一樣！

在這個疾馳的世界裡，單個的玉米可能是孤單的，可是一夜之間，玉米們發現自己的同志是那麼多，天涯海角眾志成城，「喜歡她，就留下她！」——《超級女聲》的這句廣告詞，真像愛情宣言，它斬釘截鐵地掃蕩了這個時代的猥瑣、猶疑和虛弱。我想，這也是資本主義最喜歡的東西吧，它精確地看準了我們在這個時代的焦慮，看到了我們曖昧的內心，然後，它給我們機會讓我們一起呼喊：我喜歡你！再說，對一個眼淚汪汪的鄰家女孩喊「我喜歡你」，實在是容易的。

而自從喊出這一句「我喜歡你」，我們發現，有那麼多的人和我們同處一個時代，同處在颱風的風眼，如果我瘋了，那麼精神病院裡有的是朋友，一切都在分崩離析，還有什麼比這個更能溫暖人心？所以，讓我更大聲地叫「想唱就唱」，讓更多的人聽到，讓更多的人和我在一起。

這是一場多麼轟轟烈烈的戀情，說它是戀情，因為它像所有的戀情那樣，最終失敗地收尾了。湖南台最終證明了自己，如果他們要舉辦春節聯歡晚會，不會比中央台高明多少，《超級女聲》最後一場，在主旋律的籠罩下，我們的超女被押上台，以祖國的名義和我們分手了。

這就是張愛玲的〈封鎖〉故事罷，就那麼小小的放縱一下，反正，封鎖期間的一切，等於沒有發生，整個的中國打了個盹，作了個不近情理的夢。

一枝紅杏出牆來

小寶說，現在美國流行的結婚誓言是：我們的愛能走多遠，我就有多忠誠；我能愛你直到我不愛你為止。然後，他越過飯桌上的芸芸眾生，深情吟出：兩情若是久長時，一枝紅杏出牆來。

據我考證，這就是「紅杏派」的開始。一年來，我在各種場合聽到這句「一枝紅杏出牆來」，最近評閱學生的畢業論文，一男生寫到彌爾頓的第二次婚姻，評說道：老夫聊發少年狂，一枝紅杏出牆來。說實話，這枝紅杏已經不再有震驚效應，我甚至都懶得把它作為病句圈出來；另外，我也擔心，真的把它圈出來，立馬會遭遇「紅杏教」的杏眼。上回一個教古典文學的老師，在課堂裡對學生痛心疾首：早上坐車，居然聽到廣播裡的主持人在說「洛陽親友如相問，一枝紅杏出牆來」！當然，他的悲憤非但沒有在古典文學課堂贏得回聲，還惹了一身臊，「問君能有幾多愁，一枝紅杏出牆來」後來成了他的能指。

時間一長，我自己也漸漸忘了「一枝紅杏出牆來」原來是跟著「春色滿園關不住」出來的，和學生聊天，我也能切口一樣接住他們的行話，「烈士暮年，紅杏出牆」；食堂排長隊買紅燒肉，茫茫人海裡聽到熟人一聲呼喚讓我插隊，我亦脫口說出，「山窮水盡疑無路，一枝紅杏出牆來」，直到有一天，聽兒子背唐詩，他已經從小區裡學了「兩岸猿聲啼不住，一枝紅杏出牆來」。

一枝紅杏出牆來，夜晚的地鐵車廂，格外安靜，我想著這枝紅杏，越來越感受到它無限遼闊的外延。那個灰色西裝的中年男人，緊挨著旁邊的粉紅女郎，當著全車廂男女老少，他權威又殷勤，這次去歐洲，全公司就我們兩個。是了，他一定是她的上司，否則姑娘不會慌慌地掃一眼乘客然後一直低著頭，否則他不會有事無事地一直去碰姑娘的手。不過，不過似乎也並不完全是社會新聞裡的那種齷齪事，灰西裝看著姑娘的眼神，有真的喜歡在裡面，他幫她把一綹頭髮夾到耳朵後面去，姑娘沒有一點點抗拒。此情無計可消除，一枝紅杏出牆來。

紅杏出牆來，風流天下聞。陳良宇抓起來後，民間先是說他有兩個情人，半天功夫，變成二十個；第二天，地攤讀物出來，標題是，陳良宇和他的二百個女人，而我們老百姓，對著幾何遞升的數字，也覺得權勢紅杏，山水對稱。而且，其中還真有愛情故事，你看，貪官抓起來了，貪官的二奶三奶四五奶還團結起來了，發誓等著他出來，共同把八個孩子撫養大，這樣的傳奇，這輩子聽說過嗎？

因此，我們容忍紅杏出牆的故事，我們傳播紅杏出牆的故事，我們也只有紅杏出牆的故事。去翻翻這幾年的文學期刊，不管是最高級的還是最低級的，大作家小寫手的題材千篇一律：紅杏出牆！紅杏出牆！當然，有社會關懷的可能降落到「商女不知亡國恨，一枝紅杏出牆來」，有發行追求的一般凍結在「眾裡尋他千百度，一枝紅杏出牆來」，但總而言之，紅杏不出牆，小說難收場。

不過，天地良心，除了紅杏出牆，我們還有什麼生活？這些年，我的個人辭彙表，屢見增長的也就是「劈腿」這些辭彙，所以，後來我非常真誠地跟「問君能有幾多愁」說，別犯愁了，壯士一去不復返，紅杏早晚出牆來；再說了，這已經是古典文學的最好出路，好歹，今天的紅杏詩，還有上聯的衣塚在。

咱們這身子骨

美國編劇罷工，美國導演、美國演員也跟著要罷，我們吃飯的時候就為此慶祝了一下。希望編劇工會強硬點，不要到那四美分就不罷休，當然，製作人聯盟也不是省油燈，雙方繼續僵持，一直把金球獎、奧斯卡全弄得冷冷清清，一年半載下來，終於揭不開鍋，於是進口我們的《士兵突擊》，「不拋棄，不放棄」，繼續折騰，好萊塢從此沒落。

好萊塢沒落以後，寶爺就忙死了，一邊要主持，一邊要編劇，一邊還要把《還珠格格》翻譯成英文，兩三年下來，寶爺大概也要吃中華鱉精才撐得住。所以，身體好，才能娛樂好！這個道理，無疑便是二〇〇八的娛樂路線。

元旦，CCTV5體育頻道更名為奧運頻道，本來這麼大的事，總要請點章子怡什麼的來走走秀吸引一下眼球，好讓全國人民都知道，但是CCTV5自有神祕嘉賓，再說了，就算沒嘉賓，眼下體育界的腕兒，哪一個不是娛樂界的紅人？二〇〇八中國年，*TIME*上的中國面孔是誰，姚明！時尚派對裡的寵兒，可以集合起一支奧運隊伍，說足球的一個轉身，就成了玩眼球的，所以，能怪我們老百姓想像力貧弱嗎？張斌，那還不夜夜藍莓，天天色戒！

二〇〇八，奧運當道。大江南北處處倒計時，影星歌星年夜飯，也沒啥說的了，如果不能上奧運唱歌跳舞，就在家結婚生子算了。所以，體育頻道更名奧運頻道，就像中央電視台更名全國最牛電視台，說實在真沒什麼必要。再說了，ＮＢＡ啊，歐洲足球錦標賽啊，是不是也成為奧運分會場選播？當然了，以奧運的名義，什麼事都是名正言順的。比如我們樓下有一火鍋店，門口拉一標語：支援奧運，支援火鍋。健身中心門口一邊是歡歡、迎迎五個吉祥物，一邊是周星馳秀渾身肌肉的動漫，旁邊還有激情文字：為了奧運，一塊都不能少！

所以，奧運過後，我看這奧運頻道也不要改回去了，在今天，難道奧運的所有含義不就是娛樂嗎？肯德基讓我們為了奧運吃雞塊，學校為了奧運排練集體舞，連我們小區裡七八十歲的老頭老太，為了奧運學習「toilet, this way!」把方便帶給別人，把困難留給自己，英語學習也終於迎來真正的娛樂化時代，我和奧運，**happy together!**

張斌：中國知名體育節目主持人，因主持《足球之夜》而成名。

快樂奧運！所以讓我們不要奇怪，奧運村的雞天天跑百米，奧運村的菜天天喝牛奶，為了奧運，假新聞也看出真性情，我們圖什麼，娛樂而已。不過，在火熱的娛樂賽季到來前，讓我把蚯蚓的故事講給大家聽吧：

蚯蚓一家都喜歡體育娛樂。星期天早晨，大家都閑，小蚯蚓想了想，把自己切成兩段，打乒乓球去了。蚯蚓媽媽覺得這個方法不錯哦，就把自己切成四段，打麻將去了。可是蚯媽媽的麻將還沒開始，就聽到救命聲，原來蚯爸爸把自己切得太碎了，蚯媽媽一邊哭一邊埋怨他：天殺的，咱們這身子骨玩什麼足球啊！

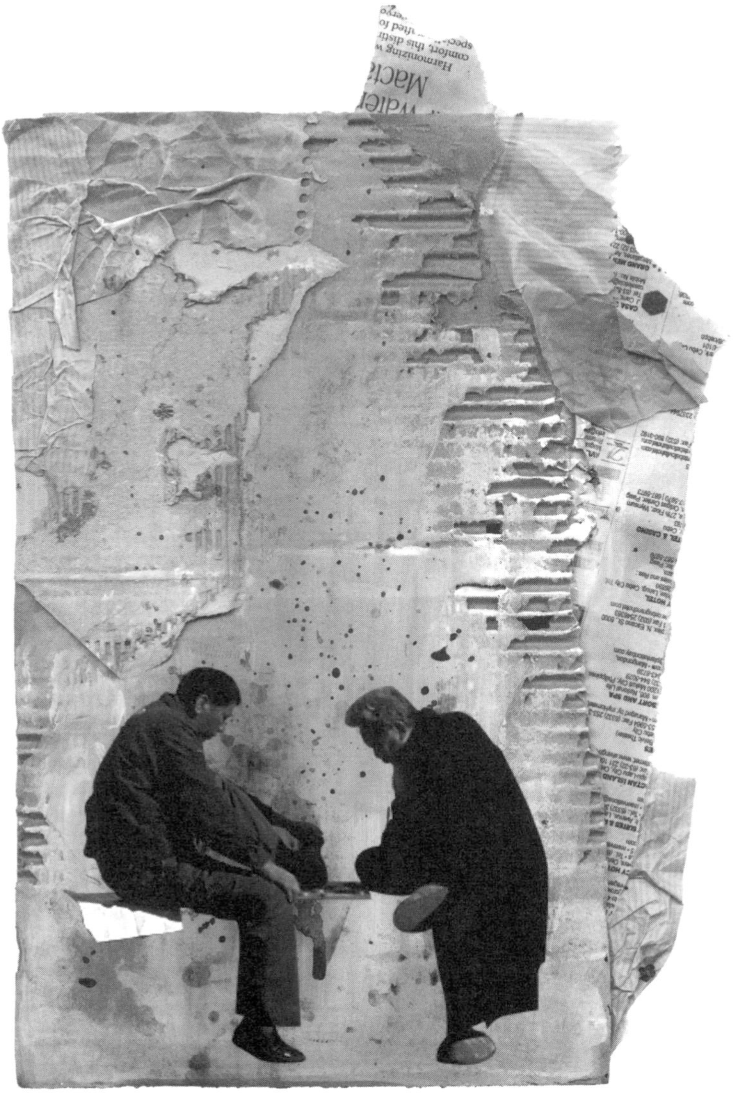

回馬槍

一次，一個叫漢斯的德國學生邀請我參加他家的聖誕聚會。十幾年前的事了，至今還記憶猶新。他家的客廳全是中國元素，但不是我們常見的羅漢床美人榻圈椅屏風，茶几兩邊，是兩只馬桶，大桌子上插著馬蹄蓮的是一只火紅色的痰盂。

他從馬桶裡拿出巧克力，用寫著為人民服務的搪瓷杯給我們泡茶。茶我喝了，巧克力沒吃，心裡無論如何有些障礙。後來和我的朋友談起，他認為，這是歐美的年輕人在中國回鍋自己的肛門期。不像我們，自己的整個成長期和國家的成長期相對合拍，歐美國家年輕人不一樣，他們隨地大小便的時候，國家已經被規訓得斯斯文文。

因此，大概也是生理原因，LV在中國傾國傾城的時候，我們的編織袋來到歐美，成為靈感和前衛。

前一段，我的香港朋友小譚到上海，一落地就嚷嚷要弄雙飛躍球鞋穿穿。我這又突然被補了一課。問八〇後學生，中間就有一個女孩抬起腳，呀呀呀，果然是我們少年時候的美學夢想：黃色輪胎底，紅藍兩條槓。當年體育不達標，理直氣壯跟父母說，因為你沒給我

即海芋。

買飛躍球鞋！後來終於爭取到一雙，體育也真的達標。天天把鞋子穿到臭烘烘，天天晚上擱在房間外散氣，一直穿到國貨不吃香，覺得紅藍槓槓好土氣。

然而，滄海桑田，飛躍牌也好，回力牌也好，突然出現在好萊塢片場，出現在香榭麗舍大道，並且，不是一個奧蘭多·布魯在穿，頂級時裝雜誌都來圍觀這款二十元一雙的運動鞋，乖乖隆地咚，歐洲飛躍已經賣到一百二歐元。而且，在Nike和Adidas在為鞋子的透氣性做廣告的時代，第一世界的朋友卻對我神祕一笑，回力牌，有回味。

教室裡有越來越多的同學在穿飛躍，他們的口號既愛國又時尚。用價廉物美的國貨是好現象，然而這終究太像口腔期的回馬槍，這些年，我們見土家燒餅紅火過，見《西遊記》、《紅樓夢》紅火過，但終究，還是麥當勞的生意在壯大。當然，我自己屏不牢，也弄了雙飛躍穿穿。不是懷舊，為了加入當代生活。

生死由人

經濟危機時代，三鹿優勢顯示出來。網上最紅的段子說，假如去年你有一千元，投資了房地產，現在虧一千元；投資了股票，現在剩下一元；你買了啤酒喝，喝光再把易拉罐送去回收，還能換回一百元；但是，如果全部用於買三鹿奶粉，你去退貨，一千元保值。

喝三鹿奶粉，當殘奧冠軍。中國人的世界，就算行到山窮水盡，總還有啼笑皆非時刻，所以，學生很開心地告訴我，一直抱怨學校管理差，訂的牛奶一週倒有四天是別人喝的，現在可真想寫封感謝信放在牛奶箱裡。她越想越興奮，幾乎對偷牛奶的人產生了幻想，哎呀，必是白馬王子無疑了。

世界上的事情真是奇妙呀，我們能造神舟七號，也能造三鹿奶粉；衝到北川獻出生命的，也會把生命獻給黑煤窯。二百多年前，布萊克寫下《天真與經驗之歌》，感歎造耶穌的也造了老虎造了羔羊，啊哦，誰說得清呢，到底牛奶是這個世界的真諦，還是毒牛奶是這個世界的真相？

神的意志無從猜測，三鹿不舉以後，蛋成壞蛋，橘成病橘，飲用水行業，更有一個保密了十年的致癌祕方，所以，這的確是一個培養英雄的年代。看《畫皮》，癡男怨女，獻出生命都毫不猶豫，有網友大歎感動，立馬就有人跟帖說，感動什麼啊，去問問吃了飯停止長大的，喝了水永遠口渴的，吸了氣不能呼吸的，哪個不視死如歸！

我知道我們不能把這個時代微微的輕生現象全怪在壞奶壞人上，但無疑，這是一個生命語法從頭起步的時代，從前讀《安娜．卡列尼娜》，安娜死的時候，我們為她可惜，可惜她滿腔的愛情沒有胸膛，但今天讀者看，你好手好腳好腎臟，你真是吃飽了撐的！噢，不要怪我們這麼形而下，這的確是來自肉身的真實感歎，神啊，如果我就剩下三天壽命，我希望第一天看到自然生長的豬，第二天喝到不曾污染的水，第三天要一個滿是星斗的夜晚，好讓我看到草生長。

可是神說，沒有人看到草生長。草叢中，人嘿嘿笑，神啊，神舟七號已經上天，生死由人了。

生活好像開始正常了。我不再老開著電視，也不隔三岔五地去互聯網蹲點。課堂上講亨利．詹姆斯，我一句沒提地震；學校裡的募捐隊伍已經撤空，廣告欄裡的志願者徵集也開始被電影節的消息覆蓋。我的手機裡出現越來越多的地震笑話，我覺得最有意思的是，一個四川人回憶，天天他騎車帶兒子經過天府廣場，兒子都會跟廣場上的毛主席像揮揮手，可那一天不對了，他看到毛主席在跟他們揮手，他哧溜下車趴地上了。

笑話很多。還有一個說，非洲人住四川賓館，地震時賓館起火，他以最快的速度躥到室外，一個來救火的消防隊員看到，震驚道：「日他仙人板板，沒見過燒焦了還跑這麼快！」講這個沒有任何種族歧視，就像四川人講汶川人的笑話，只是為了共同度過。地震發生三個星期了，我們從高強度的精神亢奮中回落，真是有經過一場戰爭的感覺。有時，我看著在小區裡亂跑亂跳的兒子會流下眼淚，覺得生活脆弱幸福不易，回過身來，網上網下已經開始清算地震事故，我也覺得不能完全加入，這個時候，我覺得講笑話的人很重要，當然，這些笑話，也只有四川人講得出來，也只有他們有資格講。

繼續搓

他們說，雖然地震產生了一些後遺症，比如，飯桌上大家都見不得哪個把手機開到震動檔，自己對自己的信任程度也明顯降低，稍微一點眼花，就要不停跟人求證，「剛才是不是晃了一夥哇？」但是，地震也帶來了很多正面效應。四川的色情業明顯蕭條了，按摩女郎大概會永遠失業，因為餘震就像按摩。與此同時，一種積極的戀愛風氣瀰漫在四川上空，不要你的錢，不要你的房，只要你親吻時候不發抖。

這是四川人的生活態度吧，如果餘震不能馬上結束，那麼先在心理上超越它，就像網上一個朋友說的，地震來了，他的父母和岳父母正在搓麻將，桌子晃動，他們就拿紙片墊墊穩，繼續搓。戰爭年代，這樣的日常生活，算是可歌可泣了吧。就憑這一點，我相信，中國人的災後重建，會很快，因為我們熱愛生活。

等著我吧

無情地震震出了一代有情八〇後，這讓整個社會很意外，因為在八〇後的整個成長史裡，他們一直沒有得到過掌聲或好評，所以，電視裡看到年輕的志願者默默揮汗默默奉獻，全國人民都被結結實實地打動。

在大學裡教書，我周圍都是八〇後，其實，我知道我的很多學生都悄悄地做一些好事。有個特別時尚的孩子，學習上有些犬儒主義，但後來知道，他是邊遠山區三個孩子的「長腿叔叔」，不過，他從來沒有去看望過他的「茱蒂」，他說他也不想去，因為這樣比較酷。還有一個學生，每個星期天都跑去少年宮，給小朋友講故事，她的說法也是籠統的，因為這是她小時候的夢想，再說，她可以跟孩子們講安徒生的時候，把自己的故事也混在裡面講給他們聽。

然後地震來了，突然之間，整整一代的激情找到了形式。雖然是廢墟上的成人禮，但他們青春的容顏已經鐫刻進共和國的歷史。不再叛逆，不再冷漠，不再自我，他們幾乎以軍人的姿態對祖國宣誓：我是你的！

看著他們浩浩蕩蕩地向前線開拔，我心中湧起西蒙諾夫的詩歌：等著我吧，我會回來的！二〇〇八年五月，八〇後以最純粹的方式回到人民隊伍，作為共和國最負責任的公民，挽起袖管捐血，拿起背包出門，出門前，對熱淚盈眶的媽媽說一聲，等著我吧，我會回來。

看到這樣的鏡頭我總是不能自已，我為我自己以前對八〇後的偏見而感到內疚。課堂上我常常批評他們不作為，但其實他們休眠火山似的內心從來沒有真正苟且，只是，全球化的社會太不給他們空間，他們的能量無處附身，晃晃蕩蕩變成了Nike和Dior，而且，精英知識分子也從來不對他們的激情作出新的鑑定和命名，日積月累，他們真的就覺得悄悄做件好事也就擺個酷，跟孩子講故事也不過是圖自己快樂。

不，就算是快樂原則也需要重新定義，不是像八〇後作家張悅然在災區說的，我自己需要這個過程，不光是這樣。共和國需要這個過程，共和國等著他們回來。

獅身人面

申花隊員毛劍卿輸掉中超，心裡不順，消夜的時候打了群眾，網上一片罵聲，申花朱老闆卻說，可以理解，於是焦點轉到朱駿，媽的，輸球打人可以理解，那麼股價跳樓就能殺人了。

風聲不對，朱駿繼續解釋，小毛呢，是天才球員。哎呦，天才當然就是超人了，豈能伏於平民律法，不過，被小毛打得鼻青臉腫的徐平民卻是一語中的，中超奪冠我也算了！嘿嘿，怨誰呢，一起打人的也有籃球隊員，但媒體就愛點足球的名。不過，讓我們以最大的善意來理解小毛吧，起碼，天才球員的中國功夫已經證明，上海男人也能打架！

上海男人打架，北京男人卻和氣起來。《梅蘭芳》記者會，陳凱歌一掃以往唯我獨尊的氣派，不僅低調，不僅謙虛，還沒脾氣，還瞇瞇笑，對記者有問必答，臨走還丟下六個「謝謝」。老豬本來是帶著殺氣騰騰的問題去的，最後不僅自己沒問出口，還勸旁邊的記者說，算了，誠懇到這個地步，就不要《無極》人家了。

也許真的到了大洗牌時刻，不僅世界格局要重新分布，南北角色也

即「上海申花足球俱樂部」。

要重新調配，現在開始，歐巴馬老大希拉蕊老二，熊貓算功夫王，李連杰是慈善人，北京人願意接受批評，上海人願為打人埋單。山不轉水轉，如果黎明不能解釋梅蘭芳，那就讓梅蘭芳來解釋黎明；如果章子怡眼中有凌厲的東西，那麼就讓孟小冬變得更孤傲點。這個世界的政治邏輯其實就是眼下的文藝邏輯，所以打死我也不相信，天南地北的男人真的交換了荷爾蒙，這一切，不過是新一年的獅身人面，改天申花奪了冠，凱歌賀完歲，山水還得轉回來。

再說了，人世間，本來就有奇怪的法則，純潔和淫蕩可以用同一個謎面。比如上個週末，沈爺渾身不得勁，就去買碟看，他這個地位的人說話開始有文雅的趨勢，他先拿了一張《狂野大自然》一邊秀可愛一邊示趣味，然後正兒八經地問老闆娘，有沒有兩個人演的，場景不變的？老闆娘就給他拿了兩盤中國相聲精選。

好東西

旅遊區門口都有旅遊商品賣，賣的東西天下大同，主打的常是毛主席像和春宮圖，前者越來越前衛，後者越來越腐朽，安迪·沃荷看了，只有自愧不如。

在安順，我們買了一套骨牌設計的春宮圖，樣子好像剛剛出土，直接從考古現場偷運過來的，總之，大家心照不宣，彼此都說是文物，但對方也就開兩百元，我們還她二十元，兩個回合，五十元成交。

我們輪流看過一遍，一致同意回到上海忽悠給寶爺。愛生活，愛女性，這是寶爺的原則。

電影中那樣，在飯局散夥的當兒，沈爺用恰好的分貝問我，東西帶來了？同時我們彼此使個眼色，當然都注意讓寶爺無意中看到。然後我拿出包得嚴嚴實實的貨物，沈爺交給我一個信封，一邊低聲說，錢你點下。我說不用了。大家都飛快地把東西塞入包中。

還沒走出飯店，我看見東西已經從沈爺包裡取出，飛快地落入寶爺囊中。走在一旁的子善老師看他們鬼鬼祟祟，隨口問一句，什麼好東西？

他不問還好，一問問成冤大頭。三天以後，我們在食堂碰見子善老師，咦，怎麼大佬改吃食堂了？陳老師心情很爽地笑笑，昨晚收了點東西，吃飯隨便點啦。我們忍住笑，問他，不能跟家裡彙報，只好動用私房的，一定是春宮吧？陳老師謙虛說哪裡哪裡，笑瞇瞇地和我們共用學校大肉圓。

歲月催人老，春宮永流傳，好東西也沒在陳老師手中多耽擱，一週以後，在書城的沙龍裡，我聽說，紅塵滾滾，骨牌又轉過兩三人之手，眼下收在作協陳副主席家中。陳主席揚言，不把它忽悠到一本書的稿費，絕不出手。

為了紀念一個平庸的東西可以走多遠，大家後來就把這春宮圖叫成了謝亞龍。而且，簡直是天意冥冥，傳說中的「叉腰肌」動作，雖然江湖傳言紛紛，流派多多，但是骨牌圖譜卻作出了最精當的解釋。這是幫陳主席作廣告。

〇五至〇八年曾任中國足協副主席等職，是當時中國足球運動最高管理者。北京奧運期間，中國國家隊表現不佳，因而遭致猛烈批評。

但我可以負責任地告訴大家，春宮骨牌是真的，它的流傳也是真的，在中國，沒有假的，全部是真，只是有些東西更真。

輯七
不容易

謀殺春天

兩個星期前就宣布上海入春了，但是大衣什麼的還不敢送去乾洗，今年天氣跟初戀似的，上下溫差二十度是家常便飯。不過據說這也是國際都會的品性，超級變變變，所以，文學課上到一半，一個男生臉色蒼白地衝出教室，我亦處亂不驚，想著大概是小女友的短信來了：Oh，答應我再也不要來找我。

然而，很快就有小道告訴我，臉色蒼白，是因為工作黃了。我大言不慚，說，再找唄！蔑視的眼光從各個角落射來，一份二〇〇五年高等院校自殺名錄扔過來，跳樓！跳樓！跳樓！跳樓！好像這些年的高樓都是為了這些魂靈的臨終一躍建造的。

頭上雲在飄，地上羊兒跑，蒼天作證，這絕對不是自殺名單，這是一份被害錄，是他殺，是謀殺！所以，當報紙上的「狂徒」因為長期被欺凌的生活而殺入王府井，西裝革履的專家對著鏡頭分析這些人的變態心理時，我粗魯地叫出了，TMD，到底誰變態啊！

深更半夜一起看黃色影碟的幾個農民工，因為一聲「警察來了」，奪路逃跑，跌入糞池幾命嗚呼。安徽安慶樅陽縣，怎麼就出名了？「小偷專業村」呀，方方圓圓都知道，家裡沒人幹小偷，女兒嫁得出去才怪！好吧，不說這些遠的，說說上海的後花園杭州，有人編了一張「杭州小偷地圖」，那個點擊率啊，當然，這個網頁很快就被有關部門關閉了，太影響投資環境了。還有，前兩天，乘車路經思南路，剛好碰到上海文史館起火，車廂裡那個樂呀，司機公然叫，燒，給我燒，燒得好！

沒錯，我們老百姓都心理變態，心理陰暗，然而，我們樂得起來嗎？誰家都有個孩子吧，可人家教育部新聞發言人說了，「在計劃經濟時代，孩子從小學上到大學花的錢很少，因為國家都給包了，但是在市場經濟時代，形勢已經發生變化。非義務教育階段的教育已經成了家庭的一種消費，既然是消費，就要根據自己的經濟、智力實力來選擇。北大、清華這些優質教育資源是有限的，自然比較貴，不是所有人都消費得起的。就好比逛市場買東西，如果有錢，可以去買一萬元一套的衣服；如果沒錢，就只能去小店，買一百元一套的衣服穿。現在很多人不考慮自己實力如何，都想讓孩子往好學校裡擠，這是非理性的，也是形成『上學貴』觀念重要來由之一。」

對不起，在這麼短的一篇文章中，引上這麼長的一段屁話，而且我相信，發言人現在一定後悔死了，怎麼可以這麼坦誠呢，搞得跟陳凱歌一樣了，到哪都被網民揪出來，青紅皂白一頓暴打。但是，我想說，這樣無恥的話，歷經官場的發言人居然可以這樣青天白日地說出來，中國的政治生態，的確是沒什麼植被了。

很多年前，詩人路遇一個盲乞丐，乞丐身邊豎一牌子：我什麼也看不見。詩人停下來，在這行字的前面，加了六個字和一個標點：春天來了，可是（我什麼也看不見）。以後，就不停有路人向乞丐伸出援手。——不過，這個古典時代的故事，以後永遠不會發生了，因為，我們很難再對春天動感情了，春天已經被謀殺。

曉忠是朋友中的鑽石王老五，不過，因了這幾年社會變化太快，二奶維權網出來，性交易中的女主角紛紛亮相，拗出先驅的造型上場為中國婦女謀福利，我們這些做朋友的就開始替曉忠操心了，因為他人品太好，最看不起的就是那些搞潛規則的導演；再說了，曉忠天生歌手，情歌一唱，現場迷離，容易被人誤會。

所以，大家合計了給曉忠徵婚，徵婚能進能退，可以傳統可以現代，碰到棘手的，還可以請久經沙場的師兄出馬，當然了，這主意也獲得了幾位師兄的高度認可，幻想中他們已經為師弟兩肋插刀身陷紅塵。

但徵婚詞怎麼寫呢？說明自己是大學教授肯定不行了，前幾年還只是「教授不如狗，博士滿街走」，這兩年已經升級到「教授搖舌鼓齒，四處摟錢，越來越像商人；商人現身講壇，著書立說，越來越像教授。」而且，即便從校園的愛情生態看，大學教授也早就不是硬通貨，從前，校花都是嫁老師的，現在好了，連羅崗這樣的名教授也抱怨，一到博覽會，班上的美女都去做花瓶。

所以，羅崗就建議，不要寫大學教授，只寫文化研究中心主任。但是，雷啟立馬上就反對，不能寫「文化研究中心」，文化研究這行當，全國人民還不理解，上回雷主任在北京開會，就有人偷偷問他，聽說文化研究是法輪功，您怎麼看？雷主任是文化研究科班出身，學成回滬是有一番抱負的，聽到這話，當時就得了一個高血壓。

最後，大家達成一致，只寫「曉忠，主任」，雖然語義不清，但說不定有意外收穫。「主任」聽上去多麼曖昧啊，陳良宇一案抓了那麼多主任，就是證明。而且，留在民間的一些愛情傳奇常常還就發生在「主任」身上呢，前一段，深圳一個主任被雙規，他的二奶，美麗年輕的二十七歲女郎，足智多謀地規劃了四套營救方案，成功救出心上人，雖然不久落網，但流傳到民間，就是二奶有情主任有福的故事。

雙規：指要求涉案官員「在特定時間、地點交代問題」的祕密、高壓審訊方式。

定下大前提，接下來要對「曉忠主任」有所描述，「身體健康，愛好文學」是八〇年代的詞；「收入穩定，有上進心」是九〇年代的廣告；現在呢，「愛好旅遊」既表達現代情趣，又暗示身康體健，還能顯示經濟盈餘，所以，這條重要。不過，曉忠有點坐不住了，總要表達一下自己的追求吧，否則姑娘都奔「貪官」來了。於是，大家回想電視上的速配節目，人頭馬男人都給自己做什麼廣告，

「用情專一」不受女孩歡迎，表明你沒人喜歡；「通情達理」也不是好詞，當代傳媒已經有效地改裝了我們的感覺器官，有些怪癖才是好的，所以，最後定下「喜歡收藏」，這個表達有潛力，雖然，最後要交底的時候，可以直說，收藏書籍，女孩要是變臉色，就用侯麥的台詞擋一擋，「當然，最喜歡，收藏美女」。

不過，很快，我們就氣餒了，剛好今天的報紙有個特大廣告，億萬富豪徵婚，派對的門票就是五位數，說到底，最牛的廣告還就是那一串零了。

一夜情和超短裙

今天開始出租車漲價了，起步價十元變成了十一元，所以，上車的時候，司機就笑得比較殷勤，先跟我聊了一通國際形勢，然後降落到普羅生活，中間插播一些石油價格問題，一些流言版中南海生活。他講的段子我都聽過，所以敷衍地笑笑，他看我不起勁，就打開收音機自娛自樂了。

主持人在問，你們怎麼看章子怡？一聽眾說，我覺得她就是個花瓶；另外一個打斷他，這個小姑娘不簡單的，腦子也有的，再說，好萊塢就認她呀，扎台型啊……很快就吵成一團了，最後，主持人總結，不管章子怡是用心靈還是用臉蛋為國爭光，為國爭光就是好的。出租車司機跟著感慨，對呀，能出名，管他用腿還是用手。然後他跟我講起，有一段時間，一個二奶包了他的車，開始他都不敢和二奶講話，怕人家敏感，後來卻是二奶主動把身世跟他說了，還叫他開著去浦東的父母家，看到左鄰右舍也打招呼，一點不避嫌。

司機朝我看看，突然很知心地，「現在看看，當二奶真是沒啥。」他真誠的樣子，讓人吃不準，現在的道德水平是提高了還是鬆弛了。就說「一夜情」吧，這樣的話題，原來就算是在小型飯局上，也就是使個眼色心領神會的題材，現在慢慢通車了，復旦就有女教授熱烈擁護，認為「一夜情是社會發展的產物，是個人私領域的事情，是人們賦予自己更多選擇權以及給別人更多寬容的產物。」

可同時，又有緊緊張張的聲音此起彼伏。上海師範大學的全體女教師就收到了一份名為「綠葉行動」的倡議書，「杜絕穿背心、超短裙、拖鞋進課堂。」為什麼要設這樣的規矩呢？因為，穿著超短裙這類東西的女教師，在寫板書的時候，「從講台下射來的目光很容易就能探視到老師不經意間露出的腰身或是內衣」，如此，「學生就會產生無聊的騷動和想像」。

這幾天，「一夜情」和「超短裙」紙上網上地炒作，兩件事，因為都和大學女教師沾了關係，所以，像我這樣的交集小人物就被記者攆著問，你怎麼看一夜情啊？你會穿超短裙上課嗎？現代傳媒不好惹，我臉上笑眯眯，說，這太高端了，超出了我的日常生活，心裡卻罵罵咧咧，TMD這種話題整個就是假新聞，「一夜情」沒什麼，「超短裙」也沒什麼，如今的人間世，教室還是廟堂嗎？就算學生在教室裡排練一夜情，我也絕不會尖叫。期中考試，兩個學生無故缺席，我敢對他們發火嗎？我不敢，因為他們總有他們的難處，弄不好，他們還會跳樓。至於老師，就算你背心超短加拖鞋地上講台，學生也懶得抬頭看你。感情真空的年代，誰在乎誰啊？

前些年，坊間流傳的大量笑話以鸚鵡為主角，複製的是人和世界的關係，這幾年，笑話主角大換血，最經常的配對是大象和螞蟻，諸如螞蟻大象一夜情後，大象心臟病發作死掉，螞蟻一邊葬情人一邊後悔，風流一晚上，卻要挖一輩子的坑，我的命太苦了……

我在想，螞蟻大象的結合，大概就是我們這個時代的隱喻了。產房外面，大象一臉焦灼，因為螞蟻正在裡面生他們的孩子，所以，噓，不要嚷了，一切都不值得大驚小怪。

大寶要開婦女用品商店，請我們吃飯，希望大家從各自經驗出發，整一個響亮的廣告詞。

真是難啊！愛倫坡、林語堂已經成了樓盤名，能叫賣的文學大師基本告罄；弄得通俗點吧，再怎麼樣也拚不過一美容院的減肥廣告了：五斤一百二十元，十斤二百四十元，五十斤一千元。

經常跑碼頭的朋友就說，廣告詞只要寫得離譜就好，比如「看超女決賽，吃咖哩雞腿」這樣的。有人得了靈感，接上來說，也不用太離譜，像中山路火鍋店的一個廣告就神散形不散：吃了咱火鍋，能防禽流感！

剛從安徽老家回來的同志，陰陰一笑，說，有水平的廣告就應該像咱老家滁州髮廊那樣，大氣磅礴：「最高髮院」。上海的同志馬上偃息了，表面上我們領銜了國內廣告業，其實最沒氣概，連「古今」胸罩店的「從奶奶戴起」這樣的廣告詞也被有關方面過濾了，所以，應該向北京學習，看看首都的同志都是怎麼做廣告的！

二〇〇五年，首屆中國地產品牌價值評估與品牌評選活動上，北京一地產大佬的發言迎來掌聲一片：「房產就該暴利！將暴利進行到底！」大手筆呀！怨不得北京人瞧不起咱，人家不管官大官小，在朝在野，經商從政，說話就是有魄力！十二月二十二日，國資委主任向記者宣告：「石油電信電力等行業中幾乎沒有壟斷，它是國家的，它是人民的。所以，它所獲得的盈利都是為人民謀利益的。」同時，教育部新聞發言人和廣大網民交流時，也廣而告之：「中國教育改革是成功的！一個承擔著教育規模為世界之最的教育，實現了兩個跨越：使百分之八十五以上的人接受了義務教育，使百分之二十的人接受了高等教育。」

面對這樣的黃鐘大呂，我們老百姓只有一邊自我反省去。不過，話說回來，雖然我們袋裡沒錢，腰桿不直，但完全不必氣餒，建設和諧社會也有我們一份不可替代的功勞，你看，有主流經濟學家出來鞭辟入裡地分析給我們聽，「八億多農民和下崗工人是中國巨大的財富，沒有他們的辛苦哪有少數人的享樂，他們的存在和維持現在的狀態是很有必要的。中國的貧富差距還不夠大，只有拉大差距，社會才能進步，和諧社會才能有希望。」

看到我們的作用了吧，為了祖國，我們甚至可以犧牲自己的性命和名譽來維護來之不易的安定局面。黑龍江七台河發生礦難，有關領導接受記者採訪時，嚴肅指出：「礦難與礦工素質不高有關。」隔著黃河長江，同一個思路反向運作，成都一派出所所長提出，「出現警匪勾結這種情況的重要原因是警察待遇過低。」

真的，從浪漫主義的角度看，在中國從事廣告業也不算太難，只要膽子夠大，思想夠解放。比如，前一段，吉林石化出事，當時就有專家出來宣傳：爆炸產生水和二氧化碳，不會污染水源。說得多好，一邊安撫了人心，一邊補了計劃生育的漏洞。因此，走在高速公路上，港台同胞看到路邊的標語常常嚇得大叫，天啊，這都是什麼話！「一人放火，全家坐牢！」「越級上訪，就是犯罪！」而我們大陸同胞，連眼睛都不會眨一下，沒見過世面呀！

但是，他忘了帶雞腿

大寶現在是做老闆了，但是他當年在肯德基打工做分店主管的脾氣還是改不了，也就是說，每天營業前，他必定親自向員工訓話。當然，他訓話的風格是潤物細無聲，他講故事，他最喜歡講的一個故事是：十年前，我只是肯德基的一個跑堂。那時，肯德基做廣告，只要你打電話給我們，半個小時讓你看到雞腿。一個鍋碗瓢盆似的下雨天，電話鈴響了，對方只訂一個雞腿，但是家住浦東。那時，浦東還沒有東方明珠，整個一郊區啊，但是，為了公司的信譽，我出發了。

等我敲開浦東那戶人家的門時，我不僅完全濕透，基本上就是一個泥菩薩的造型了，電話訂購的人非常感動，說，「先生，您只用了二十九分鐘。」順便插一句，後來，這位先生就去中央電視台主持《藝術人生》了，而我，也靠著自己的誠信，一步步成了主管，成了……

聽到這裡，員工們都感動了，但是有一個小夥子嘟囔了一句，「老闆的確是二十九分鐘就趕到浦東了，但是，他忘了帶雞腿。」

今天，我們知道，大多數的故事都會帶著一個「忘了雞腿」這樣的尾巴，不過，在我們需要勵志或感動的年齡，這樣的尾巴是沒有關係的，毛主席還結好幾次婚呢！就像情詩寫的，我盲目，我就是盲目！

當然，浪漫主義時代很快結束，「雞腿」這樣的真相獲得越來越多的點擊率，而新時代也把我們一個個培訓得火眼金睛，新聞聯播天天在打假，還把賣火柴小姑娘往家裡領，就是你弱智；碰到乞丐你快點逃開吧，否則你就沒錢給自己買饅頭了；大爺大娘雖然慈眉善目，但真實年齡可能比你還小；什麼都不要相信，懂嗎？

滄海桑田，我們終於破除迷信了，但是，重新被高舉起來的質疑精神是多麼令人悲傷啊！「二〇〇五年感動中國」頒獎晚會剛剛謝幕，網上就已經是罵聲一片，「什麼感動中國，簡直就是糊弄中國！」而絕大多數網民認同的事情真相是：那個高高站在領獎台上的「守墓」老知青陳健，不過是每年給四十多年前死去的戰友「掃墓」而已。至於頒獎辭說的，「一個生者對死者的承諾，只是良心的自我約束，但他卻為此堅守三十七年，放棄了夢想、幸福和親情……」純屬煽情。

我承認，每年弄出來的「感動中國十大人物」，的確一年比一年更趨煽情，而被知青朋友「揭露」出來的陳健「守墓真相」，我也傾向於認為陳健當不起官方的大敘事，但是，當絕大多數人毫不猶豫地叫嚷「陳健作假」時，一場全民族的情感買賣隨之暴露了：要感動我，給我一點貨真價實的瞧瞧，否則，還不如搞笑。

所以，在文學課堂上，每次要講詩人，我都很怯生生。問學生喜歡什麼樣的詩歌，他們嘻嘻哈哈——

你來自雲南元謀，
我來自北京周口，
拉起你毛茸茸的手，
輕輕的咬上一大口，
愛情，
讓我們直立行走。

但是，
他忘了
帶雞腿

上海的路叫南京叫淮海，容易記也容易忘卻。杭州卻不是，去靈隱，一路經過浣紗路、湖濱路、武林路、鳳起路，旋律似的，它們會出入你的夢。上海的出租車公司叫大眾叫強生，杭州卻有四季春有春光旅遊，連帶著，司機的名字也不一樣，上海的叫偉強，杭州的卻叫春柳，高高大大一個小夥子，很靦腆地對我說，名字土，父母隨便起的。

我心裡感歎，隨便起的，都這麼好聽。天堂風光，卻是日常生活。想來是他母親生產那天，他父親開出門去，迎頭一縷春柳，這小夥子就叫了三十年的春柳，他還有個姊姊叫采荷；但在上海，偉強的姊姊只叫個偉芳，長大以後，嫁給志剛，蜜月時候，他們跑到杭州，白堤蘇堤，桃紅柳綠，柔情碰蜜意，新郎對新娘說，我要給你取個小名，但面對江山無限，卻怔怔地說不出話來，上海人不知道，人面桃花，本是一家，人家杭州新郎，早拿「桃花」叫新娘了。

不過，春柳開始覺得自己的名字土了，他開車帶我們經過武林廣場，指著像紐約像巴黎的街景，得意地說，比起你們上海，不差吧。可為了春柳們的這一點好勝心，杭州付出了多少代價啊，週末去西湖看看，那是清秀江南嗎？人頭攢動，PK的是上海南京路。但是，杭州嫌這些還不夠，無與倫比的滬杭磁浮鐵路就要開工，不用兩年，上海到杭州，只要半個小時的路程，「鐘擺式遷徙」的工作方式會變得普遍，時間要置換出巨大的空間，杭州將不再是上海的後花園，兩個城市要真正拜堂洞房，對唱You are my superman。

兩地都在歡呼，杭州的媒體更是清一色讚歌，因為「所有不同意見不得播出」。「兩百里滬杭，一小時往返」，的確有些毛時代的氣魄，但更有氣魄的還是那些在背後嘎嘎笑的房地產商，他們已經預言，磁浮沿線的房價也要磁浮一樣飛升，呵呵，用一點想像力，如果Google可以Gooooooo下去，中國的房價就可以不斷地往後加〇。三農會議儘管開，三農還得獻身大城市。

阿彌陀佛，杭州不是沒看到城市發展中的累累血跡，四月十三日，杭州舉辦了世界首屆佛教論壇。聯合國祕書長安南向論壇發來賀信，說，「目前最重要的現實是，我們分享同一個家園，一個日漸擁擠但我們必須共同生活的星球，因此，讓我們為實現全世界人民的利益、和諧與和平共存而共同努力。」

說起來，這回世界佛教論壇的主題「和諧世界，從心開始」倒是和我們當下提倡的「和諧社會」心領神會，凡佛兩界也算是同心同德了。但是，這樣一個美麗新世界的可能性在哪裡呢？我們看得見的是，北京在下成噸的黃沙，上海的奢侈品展一場接一場，讀書無用論捲土重來，越來越多考生放棄高考，小學生都會告訴你，讀書跟超生一樣，只會叫人越來越窮，所以，早點結紮了事，等到少時同窗大學畢業，說不定還能幫他介紹個賓館看門的幹幹。我的同事就不無傷感地說，每年五月，班上的美麗女孩都不見了，全被博覽會搞去做花瓶，人生說短也長，教室春光最無用。

上海最著名的憤青小寶因此揚言，要搞和諧社會，或者造廟宇，或者開妓院，話是偏激了一點，但是浩瀚人世，廟宇和妓院也許是最能和諧的地方了。

13312
水电安装 精修太阳能 房屋补漏
100103

1374

裝B

鄭州有個髮廳，櫥窗玻璃上寫「洗剪吹九十八元」，但出門一般都是後面加兩個零的帳單。這家黑店開了也不止一天兩天，最近被網民曝光，有關方面高壓之下介入，而原先那個囂張得不行的老闆也終於低頭，說九千八元中間，本來是有一個小數點的。

記者跑去這家「保羅國際」，牆上赫然寫著：Paul，CCTV髮型總監。不知道是不是這句廣告詞惹惱了CCTV，央視也介入了打假。飯桌上說起，寶爺就罵他們智商低，裝B都不會。我們看著寶爺，等他啟蒙。寶爺點上一枝小熊貓，說，沒見過陳冠希，總到過星巴克吧！

星巴克裡聽到過CCTV嗎？不會。說英文都沒面子，手機響了你得先說Bonjour！隔個一會兒，你就叫Guten tag！你的咖啡杯不能用店裡的，自己帶個印你姓氏的愛瑪仕，而且得讓他們現煮，火鍋似的咕嘟咕嘟冒泡。

這些泡泡就是生活的真諦啊，寶爺繼續，不過星巴克要是開到鄉鎮社會，那就小巫見大巫。寶爺有一次跟著他們家阿姨去考察生活，

小熊貓：香菸品牌。

沒到村口，就看到一家小店，上書三個大字：夜總會。定睛一看，題詞人還是周星馳。晚上到鎮上最大的飯店「全聚德」，兩個門面，沿牆掛了很多黨和國家領導人的照片，都豎著拇指說：「天下第一鴨！」後來寶爺就給喝得拉肚子了，送到鎮上小醫院，院長親自接待，說用點青黴素就好，寶爺身體虛，還沒反應過來，就在沒有皮試的情況下給注射了兩針青黴素，還真靈，當晚就好了。寶爺後來去致謝，發現院長也管看門，醫院牆上貼了好多獎狀，包括奧斯卡獎金雞百花獎。

大家跟著寶爺笑，笑完一起罵寶爺，媽的這些奧斯卡當年不就是寶爺帶著初級階段的媒體整出來的嗎？那些年寶爺你自己不也裝神弄鬼的嗎？你哈佛回來，在上海開的第一家夜總會不也叫紐約客，後來出事了，改搞文化事業，註冊的公司不也叫巴黎公社全球代理？你到希爾頓吃飯，當著全體服務員，把陳子善叫成張藝謀，說，不等小輩了。搞得服務員都跟子善拋媚眼。

寶爺笑笑，海寶似的。

二〇一〇年中國上海世博的吉祥物，意為「四海之寶」。

奧暈奧暈

沈爺說，為了配合奧運，寶爺現在尋歡作樂不再「啊喲啊喲」，改口「奧暈奧暈」了。北京奧運的成本雖然史無前例，但是日常生活被大大干擾了的老百姓卻表現出了罕見的體貼，比如寶爺，隔三岔五跑北京錄節目的，現在就在家裡「避運」，把交通讓給國際友人。

全國人民都看出來了，眼下的奧運主題，不再是歡樂和金牌，而是安全加安全。上上星期，我去寄包裹，不知道得帶身分證了，沒寄成；上個星期，我又去，因為裡面是給父母買的藥品，又不讓寄；郵局裡，大家都在打包回府，雖然很沮喪，但和郵局吵架的人一個沒有。

誰能和奧運計較呢？再說了，我們這點麻煩算什麼，也就上班來不及的時候，地鐵口的警察還叫住你，視察一下你的化妝包，喝口礦泉水叫他看看，真不算什麼。北京人那才叫獻身奧運，車牌分單雙號出行，人分單雙眼皮出行，住燕郊的老太太回城抱孫子，路上花兩天。生活第一位，還是生命第一位？生命。為了大家都能活到奧運，三道安檢算什麼，所以傳說暈倒在安檢隊伍中的女遊客，醒過來的第一句話是：我挺得住。

只能挺住。中奧成功那天，全中國都是啤酒煙花，一個晚上下來，迎來新一輪生育高峰；接著再接再厲生福娃，比如我們小區，奧運期間，就會迎來五六個貝貝，但黃昏的時候，這些準媽媽聚在小區噴水池邊，開始為未來發愁，誰來把孩子帶大？

孩子總會長大，就像菜鳥熊貓也能成為功夫熊貓，浪漫主義地看，我們現在辦奧運，屬於「有條件，上；沒有條件，創造條件也要上」，而且，因禍得福地，災後創造的愛國主義激情護航了北京奧運的種種舉措，老百姓不僅忍受奧運大party，還忍受這個party對日常生活的侵占，這一兩個月出爐的大量奧運簡訊雖然有諷刺，但基調都還算溫暖。但是，在一個國際環境也趨浪漫化的時代，蠅頭小民的最後浪漫想像，不會是火炬，只能是火鍋。

當然，八月八日開始，我們準備縱欲，所謂，守得住，光榮；守不住，也光榮。

到樓下買雪糕，拐角處多了個賣西瓜的男人，我看了他好幾眼，他也看了我好幾眼，但不是瓜農邀請人的眼神，霍霍，難道就是傳說中的已經遍布大江南北的無間道？一時間，我倒也有些興奮，香港電影看多了，梁朝偉當然可以穿老頭汗衫站街頭賣瓜修鞋吃麵條抽香菸！

這些天，隔三岔五地有反恐新聞，路上沒人認領的箱子，搞了一幫精銳隊伍實彈出場；公共汽車站，多了一個滿滿當當的塑膠袋，圍了神情緊張的保安。不過，老百姓倒是平常心，樂呵呵地在旁邊看，嘿嘿，全民皆兵也就是一修辭，中國人的世界，誰都打心眼覺得恐怖行為只會發生在遙遠的遙遠的地方。所以，沈爺說，他最近成了公司裡的反恐人員，我們都哈哈大笑，你自己長得跟黑幫似的，到哪都被安檢人員揪出來，你還反恐！

沈爺深沉一笑，反恐，也就是比賽第二，友誼第一。想當年，毛主席時代，籃球比賽完，報紙上也就一句，中蘇兩國的友誼大大增進，誰贏誰輸不知道。因此，天南海北的網民談奧運，最狂野的猜想不是胡主席跑入鳥巢點燃奧運主火炬，也不是溫總理擔任籃球總裁判，而是奧運取消金銀銅，這樣，耗資耗神的興奮劑檢疫就可以省了，劉翔的鞋子重個一兩斤打什麼緊，世界和平，大家開心。

可是，共產主義的瞎想怎麼對得了資本主義的胃口，媽的，又不是搞禪宗，也不修歡喜佛，談個戀愛還要追究個結果，劉翔和古巴小將羅伯斯如果同時衝到終點線，我們都會感覺不爽，郭晶晶壓得住帕卡琳娜，朱啟南能鎮住埃蒙斯，程菲楊威穩穩落向紅地毯，順便能掀翻美帝國日本人，那才是最初和最後的夢。

所以，偉大的奧運選手們，原諒我們菜鳥的出爾反爾，既希望你們輕裝上陣，更希望你們出神入化，時間到了，我們前所未有的渴望已經被燒燃到沸點，這個世界上再也沒有比國歌更不朽的曲子，我們要她一遍遍地響起！

憨豆似的在屋裡盤旋，阿姨回來了，後面跟著剛剛照過面的西瓜男，那個疑似無間道，他來送西瓜，再看看他，哪裡有梁朝偉影子。所以說啊，讓反恐的去反恐，讓奧運的奧運，黃金 party，不會唱國歌的這次有機會練習了。

兩個七十歲的老頭，為了一個七十歲的老太爭風吃醋，一個殺了另一個。這樣，陰間一個，牢間一個，人間一個。雖然是慘劇，但坊間的評論卻充滿喜氣，網路留言無數，老頭儂結棍！學習老頭，為愛獻身！

不容易

衝冠一怒為紅顏，這種事情，發生在二三十歲屬於正劇，到了七十歲，馬上淪為鬧劇，類似老年大學畢業沒人張羅你工作，你自己再到處投簡歷做學徒就有些行為藝術。不過話說回來，這些年社會新聞基本遵循了這個邏輯：突破行規。明星寫書，教授出鏡，學生小姐裝，小姐學生頭，大學變身商場，商場叫賣教育。

全球同此涼熱，不跨行不存活，重慶有個著名地標，「樓下茶館天天淫穢錄影，小姐三十元一次性服務」，樓上則是「塘灣社區警務室」「塘灣社區居委會」，所以，理論上講，現在已經無所謂黑社會白社會，也無所謂大中小學的分工，比如，小學階段的情感教育，現在的研究生還在補課，不補不行，否則找工作的時候會出人命。再加上，經濟危機，更是對跨行提出新要求，像學建築的，不懂點現代心理學行嗎？防自殺高樓，無疑是這個世紀的重要課題。防完自殺防他殺，他殺躲過有屠殺，股市樓市跟地震也沒太大區別了。

晚上我坐出租車回家的，司機一路訴苦，現在阿拉開車子辛苦啊，不僅要會開車，還要有功夫，碰著無賴要鎮得牢伊，否則就沒得車鈿拿；有辰光呢，功夫也沒用，還要變流氓，碰著野蠻女人又不好動手，只好大家不要面孔。生意難做啊！他看我認認真真聽伊講，就問我做啥事體？我說大學老師，我自己說出口，已經覺得沒有一點職業自豪感了，真奇怪，我剛留校那幾年，特別喜歡人家問我幹什麼活，說出大學裡廂教書，感覺跟大款似的。

司機看看我，簡直要給我免單的樣子。噢呦，儂不容易！高危職業。是啊，想到我的同事倪文尖，長相漂亮人浪漫，形勢所迫也給自己立了幾條規則，比如不單獨和女學生談話以免引起不必要的麻煩。我就把衣服裹緊了點。

黑

下雨天，計程車就是鑽石。那天，鑽石王老五陸灝也在暴雨中等車。來一輛，就呼哧冒出一妙齡女郎，也不等乘客下車，就撲進車裡，裙襬被車門夾住也不管，嗚啦啦只管走人。如此八九輛，也沒人對陸少嫣然一笑什麼的。上海灘最有英國紳士派頭的陸少終於也沉不住氣了，他打定主意，下一輛無論如何不讓。

車子來了，車門一開，陸少也撲進車裡，司機回頭看看他：「幹嘛？」陸少稀罕，幹嘛？到文匯報！司機再看看他，說：「先生，這是私家車。」陸少狼狽下車，車外一少婦笑吟吟看他，陸少只覺人生苦長。

上海的各類黑車就是被這樣催生出來的。我每個星期去學校兩次，軌道交通下來如果靠走路，到辦公室得四十分鐘，計程車是攔不到的，所以每次都是坐「摩的」。我老公偶爾問起，想像自己老婆在車水馬龍裡，坐在一輛灰撲撲的摩托車上緊緊抓住一個灰撲撲的男人，常常這男人還有難度係數很高的動作，就會豪情萬丈地說：辭職辭職，簡直玩命！不過，飯桌上，當他知道我們敬愛的陳子善老師也是這樣奔波在聲名狼藉的馬路上，他就被黑車的普世性擊敗了。

在這個世界上，政府不能為我們解決的，我們一般都自己解決。所以，前一段，有關方面狙擊黑車，派了三十歲的女性「鉤子」把黑車引到蘆葦蕩，然後一擁而上制伏黑車，但在一次執法過程中，悲憤不已的黑車司機拿出手邊的刀，刺死了執法部門的所謂誘餌，對於這個雙重悲劇，老百姓對於黑車司機是普遍的同情，對於執法部門是普遍的反感。還要問為什麼嗎？茫茫雪海裡，如果有五塊錢的速食麵買，我們會買五十元的黑麵麵？

而眼下的事實是，黑車早就是中國現實的一部分。常常，黑車除了沒有營業執照，江湖規矩那是比白道更牢靠，比如子善老師的摩的司機，冬天還特意為陳老師準備一個羊毛墊，所以黑車們該做的是，索性成立一個黑車工會，在這個黑白難分的世界裡，用明晃晃的黑道照亮霧靄靄的白道。

盜版到底

夏天過去了，秋天還沒來，報紙上的新聞像舊事，八十歲的老頭又生孩子，傳駱駝奶是祕方；史瓦濟蘭的少女雲集皇家宮殿，等候國王選出第十四個老婆；當然，還有食物中毒有交通事故，有貪污有瞞報有礦難，有二奶二爺小蜜小白臉……打個哈欠，繼續午睡，如果海洋注定要決堤，就讓我打個盹兒先。

太陽底下無新事，轟動全國的上海社保大案，抓到區長就沒號外出來了，雷蒙．錢德勒說，當故事開始變得無聊，叫一個帶槍的上場，現在，這個帶槍的是上場了，但他不是《24小時反恐任務》裡的傑克．鮑爾，拚著性命衝進白宮去和總統為難，這帶槍的掉個頭，衝到我們老百姓的地盤來，大叫大嚷「交出盜版！」

當然了，在中國生活了五千年的老百姓，有的是民間智慧，你有槍，我就有防彈衣，白天你工作，晚上我上班。你喜歡正版，《天下無賊》放門口讓你檢查；我要賣盜版，《頤和園》披個外套出來。說實話，本來，我也不是天天逛盜版店的，但是，突然整出一個什麼「嚴厲查處盜版」的全國性行動，我的火就騰騰騰，披星戴月天天去支援盜版店。上帝保佑，普羅就剩下這麼點買得起的娛樂了，還要我們怎麼樣？「少生孩子多種樹，少生孩子多養豬」，孩子我們只生一個了；「集體上訪違法，越級上訪可恥」，我們有苦早就沒處訴了；「横臥鐵軌，不死也要負上法律責任」，如今想死也不容易了，好歹只有先活著嘍，一邊儘量給自己找點樂子，五塊錢一張《黃飛鴻》，少喝一瓶牛奶還買得起，全家五六口，在李連杰的拳腳裡，解放生活的喜怒哀樂。

大風大浪的，中國一直能走到今天，真是應該感謝盜版呀。不要國家一分錢，不要國家一分地，多少人解決了自己的失業問題？否則，這批血氣方剛腦袋一流的盜版人，變成陳勝吳廣的機率實在是太高了；而且，通過賣盜版買盜版，維繫住了人民群眾最後一絲社會主義感情，多麼美好啊，十元三張《不可能的任務》，活活氣死阿湯哥；再有，我們不是反壟斷反資本主義反全球化反文化殖民嗎，出沒在大街小巷的一個個盜版人就是一個個游擊隊員啊，如果非洲可以擊敗愛滋藥品的壟斷，我們當然可以擊敗帝國主義對我們的文化課稅；同時，通過盜版影碟，我們瞭解了，帝國主義完全不像國家院線進口的幾部好萊塢那麼風光，網路上看到流氓外教勾引上海女孩的博客，也就馬上能甄別出：「假貨！」而不是搞得現在

中國譯作《碟中諜》。

這個樣子，中國男人的民族主義情緒莫名地被煽動起來，青著臉叫，把老外趕出中國。

所以，我想，就算以後我們有條件買正版，我們還是要儘量盜版，藉此，留住青春中國的最後一點影子。

三筷喔（後記）

我出生在物質不豐富的上世紀七〇年代，飯桌上遇到魚肉，一般都控制不住。家裡人多，四個孩子你來我往饕食之際，外婆常常就會用筷子敲敲飯碗，說，三筷喔。

事不過三，當年我們最恨的話，長大以後倒也成了自我的約束。這樣，江一鯉女士來信說，印刻要出我的《這些年》，我腦袋熱熱，心裡終究忐忑，這是我在台灣出的第三本書；這第三筷，該要多鄭重才能下箸！

可我也知道，再鄭重再鄭重，也寫不出張大春，用我外婆的話說，不是美人胚子就把臉洗洗乾淨，所以，心一橫，我也就洗洗臉出場，台灣讀者回頭要敲飯碗，請親愛的責編丁名慶先生別歎氣，用今年中國最熱門的大學入學作文題目來說，以後，我一定，「將梯子橫著放」。

此語出自今年中國安徽省高考（大學入學考試）作文試題的參考閱讀材料：取譬一日常事態：比起在豎起的梯子旁放「注意安全」標語，倒不如曉諭眾人「梯子不用時請橫著放」更為適宜對策。這是作者自謙「要更敬慎務實而不是只圖眼前好處方便」。

收在書裡的文章，除了發在《東方早報》、《新民週刊》、《香港文學》上的幾篇，主要就是這些年在《中國時報》和《聯合報‧副刊》上的專欄文章，因此，非常感謝陳義芝、劉克襄、傅月庵等督促我寫作的師友。

這本書能在印刻出版，特別要感謝的是初安民先生、鄭樹森先生的鼓勵。雖然和初先生鄭先生常常一年也見不上一面，但是，偶爾收到的簡訊和電郵總是讓我意識到，老師們在背後看著呢。專欄寫了十來年，其實我也把自己寫成了中年婦女，有時喝高了也會去鼓勵比我更年輕的作者，好好寫啊好好寫，也許你也能成為董橋。不過，遇到老師們，接到他們傳遞過來的歲月魚肉，每一次，我都會深深深深地覺得，要把這些文學能量往下傳，我還遠遠不夠資格。

所以，我希望自己的這本《這些年》是一次再出發。

二〇一二‧六‧廿五

文學叢書 329

這些年

作　　者　毛　尖
總 編 輯　初安民
責任編輯　丁名慶
視覺設計　蔡南昇
美術編輯　林麗華
校　　對　丁名慶 吳美滿 毛　尖

發 行 人　張書銘
出　　版　INK 印刻文學生活雜誌出版有限公司
新北市中和區中正路800號13樓之3
電話：02-22281626
傳真：02-22281598
e-mail：ink.book@msa.hinet.net
網　　址　舒讀網http：//www.sudu.cc

法律顧問　漢廷法律事務所
劉大正律師
總 代 理　成陽出版股份有限公司
電話：03-3589000（代表號）
傳真：03-3556521
郵政劃撥　19000691 成陽出版股份有限公司
印　　刷　海王印刷事業股份有限公司

港澳總經銷　泛華發行代理有限公司
地　　址　香港筲箕灣東旺道3號星島新聞集團大廈3樓
電　　話　(852) 2798 2220
傳　　眞　(852) 2796 5471
網　　址　www.gccd.com.hk

出版日期　2012年7月　初版
ISBN　978-986-5933-28-9（平裝）

定　價　300元

國家圖書館出版品預行編目資料

這些年／毛尖 著；
--初版, --新北市中和區：INK印刻文學，
2012. 07　面；　公分.（文學叢書；329）
ISBN　978-986-5933-28-9（平裝）
855　101012590